TILMAN RAMMSTEDT

# Die Abenteuer meines ehemaligen Bankberaters

ROMAN

TILMAN RAMMSTEDT

# Die Abenteuer meines ehemaligen Bankberaters

ROMAN

DUMONT

Sehr geehrter Herr Willis,

geht es Ihnen gut?
Mit freundlichen Grüßen,
Tilman Rammstedt

Dass ich ihn weniger als meinen Bankberater sehen solle, sagte mein ehemaliger Bankberater bei unserem ersten Termin, sondern vielmehr als etwas anderes. Dann überlegte er lange, was das sein könnte. Wir schauten beide aus dem Fenster, in die einsetzende Dämmerung, den dünnen Regen. Hin und wieder trafen sich unsere Blicke in der Scheibe, und mein ehemaliger Bankberater lächelte mich an. »Oder doch einfach als Bankberater«, sagte er schließlich.

Sehr geehrter Herr Willis,

die Frage in meiner gestrigen Mail war übrigens nicht als höfliche Floskel gemeint. Ich wollte tatsächlich wissen, ob es Ihnen gut geht. Und ja, ich weiß, dass wir uns nicht kennen, aber Ihr Wohlergehen liegt mir sehr am Herzen.
Also noch einmal: Geht es Ihnen gut?
Mit freundlichen Grüßen,
Tilman Rammstedt

»Im Grunde sind das alles nur Zahlen«, sagte mein ehemaliger Bankberater und zeigte zur Verdeutlichung auf einige davon in den Broschüren, die er immer großflächig vor mir ausbreitete. Ob ich wisse, dass die erste Zahl, die man damals vor Tausenden von Jahren entdeckt habe, die Drei gewesen sei. »Ausgerechnet die Drei«, sagte er. »Stellen Sie sich das einmal vor.« Er schloss die Augen und tat es dann allem Anschein nach selbst. Es schien eine schöne Vorstellung zu sein, er sah glücklich aus.

Sehr geehrter Herr Willis,

vielleicht erscheint Ihnen die Frage, ob es Ihnen gut geht, zu willkürlich, zu allgemein oder zu persönlich. Es ist nur so, dass ich zuletzt viel Zeit in Wartezimmern verbracht habe (abnehmende Sehstärke, Rückenbeschwerden, Knirscherschiene), und dort las ich in einer Zeitschrift, dass es Ihnen zurzeit alles andere als gut gehe (Liebe, Körper, Beruf). Nun weiß ich nicht, wie aktuell diese Zeitschrift war und inwieweit solchen Zeitschriften überhaupt zu trauen ist, daher auch mein Nachfragen in den vergangenen Tagen. Aber falls es stimmt, dass Sie gerade etwas unglücklich sind, tut mir das ausgesprochen leid. Kann ich vielleicht irgendetwas für Sie tun? Ganz gleich, was es ist, scheuen Sie sich bitte nicht, mir sofort zu schreiben.

Mit freundlichen Grüßen,
Tilman Rammstedt

PS: Wenn Ihnen nichts einfällt, was ich für Sie tun kann, schreiben Sie mir bitte trotzdem. Vielen Dank.

Auf dem Schreibtisch meines ehemaligen Bankberaters stand ein kleiner Keramikelefant mit erhobenem Rüssel. »Ein Erinnerungsstück«, erklärte er mir, als er sah, dass ich das Tier betrachtete. »Woran?«, fragte ich, und mein ehemaliger Bankberater zögerte nur kurz. »An einen Elefanten«, sagte er.

Sehr geehrter Herr Willis,

bitte verzeihen Sie. Vor lauter Sorge um Ihr Wohlergehen habe ich vollkommen vergessen, mich vorzustellen. Deshalb kurz zu meiner Person: Mein Name ist Tilman Rammstedt. Ich bin ein deutscher Romanautor und kurz davor, mein viertes Buch zu beenden. Wenn Sie bislang noch nie etwas von mir gehört haben, muss Ihnen das nicht unangenehm sein. In Amerika bin ich noch nicht sehr bekannt (kulturelle Unterschiede, Terminschwierigkeiten, fehlende Übersetzung), doch ich kann Ihnen versichern, dass ich ein seriöser Schriftsteller bin, mit ausreichend Berufserfahrung, besonders was Figuren angeht, denen es gerade nicht sehr gut geht (Liebe, Körper, Leben).

Also, jetzt, da wir uns ein wenig kennen: Wie geht es Ihnen, Herr Willis?

Mit freundlichen Grüßen,
Tilman Rammstedt

Mit Immobilien liege man eigentlich nie verkehrt, sagte mein ehemaliger Bankberater. »Alles kommt und geht, Immobilien bleiben«, sagte er, und dass, wenn von uns einmal nichts mehr übrig sei, die Immobilien auch wunderbar allein zurechtkämen. »Dann haben sie endlich ihre Ruhe«, sagte er, und seine Finger strichen dabei über die Wand neben ihm, als wollte er sie vertrösten.

Sehr geehrter Herr Willis,

wahrscheinlich fällt es Ihnen einfach schwer, Ihren Zustand in klare Worte zu fassen. Das kenne ich gut. Wenn Ihnen das leichter fallen sollte, können wir auch gern bald einmal telefonieren. Oder, das wäre natürlich am schönsten, bei einem Kaffee oder Bier in Ruhe über alles reden.

Leider wird es mir in den nächsten Wochen nicht möglich sein, zu Ihnen nach Los Angeles zu kommen (berufliche Verpflichtungen, private Verpflichtungen, Krankengymnastik), aber falls Sie zufällig in Europa oder sogar in Deutschland sein sollten, würde ich mich freuen, wenn

Sie sich kurz melden: +49 (176) 62138954, Skype: tilman_rammstedt.

Mit freundlichen Grüßen,
Tilman Rammstedt

PS: Ich würde Ihnen auch anbieten, bei mir zu übernachten, aber zurzeit ist meine häusliche Lage etwas kompliziert. Gern bin ich Ihnen jedoch bei der Hotelsuche behilflich.

Auf der Visitenkarte meines ehemaligen Bankberaters stand nur sein Name. Alles andere ändere sich so schnell, sagte er. Ich suchte das Bedauern in seiner Stimme, fand es aber nicht.

Sehr geehrter Herr Willis,

es ist vollkommen verständlich, dass Sie mir nicht antworten. Gewiss fragen Sie sich, warum Sie ausgerechnet mit mir über Ihre Probleme reden sollten, obwohl wir uns erst seit Kurzem kennen. Schließlich haben Sie Freunde (auch wenn Sie sich vielleicht gerade fragen, ob es so etwas wie »Freundschaft« überhaupt gibt). Sie haben bestimmt einen Therapeuten (auch wenn Sie sich vielleicht gerade fragen, ob es so etwas wie »Entwicklung« überhaupt gibt). Sie haben, wenn ich das richtig in Erinnerung habe, sogar eine Schildkröte (auch wenn Sie sich vielleicht gerade fragen, ob es so etwas wie »haben« überhaupt gibt). Und vor allem haben Sie ja sich selbst. Nur mit sich selbst machen Sie stets alles aus, nur sich selbst vertrauen Sie sich an, nur mit sich selbst stehen Sie nachts am Fenster und schauen hinaus in eine Welt, die Ihnen gerade sehr diesig und sehr langsam erscheint.

Dort können Sie gern stehen bleiben, wenn es Ihnen hilft. Sie können mir aber auch gern antworten. Ich kenne mich mit ihren momentanen Sorgen (Körper, Beruf, Haustiere) recht gut aus. Und ich weiß, wie wichtig es da ist, einmal aus allem rauszukommen, ungewohnte Erfahrungen zu machen, neue Herausforderungen zu suchen. Womöglich hätte ich ein paar Vorschläge für Sie.

Aber wer weiß, vielleicht haben Sie ja auch gar keine Sorgen, vielleicht stehen Sie auch rundum zufrieden mit sich selbst am Fenster, das würde mich natürlich am meisten freuen.

Sagen Sie also bitte kurz Bescheid, wie es um Sie bestellt ist.

Ihr

Tilman Rammstedt

Von meinem ehemaligen Bankberater weiß ich vor allem, wer er alles nicht ist. »Ich bin keiner, der so schnell aufgibt«, erklärte er mir und: »Ich bin keiner, der nur nach dem Äußeren geht.« Er sei auch keiner, der zum Lachen in den Keller gehe, keiner, der sich vor allem Neuen fürchte, und keiner, der sich immer sofort einen Kopf mache. Von Termin zu Termin fielen mehr Möglichkeiten von ihm ab, und ich blieb zurück mit dem, was vorläufig noch übrig war.

Sehr geehrter Herr Willis,

Sie sind kein Mann der vielen Worte, ich weiß. Bei Ihnen sagt ein Stirnrunzeln, eine gehobene Augenbraue, ein Ausatmen mehr als jeder ausschweifende Monolog. Sie trauen den Worten nicht recht über den Weg, weil Worte Ihrer Meinung nach nur alles überdecken und man sie erst mühsam beiseiteräumen muss, um zum Eigentlichen zu gelangen.

Das weiß ich alles, Herr Willis, und doch will ich Sie bitten, mir ein paar solcher Worte zu schicken, weil ich aus der Entfernung doch nicht Ihre Augenbrauen sehen kann, nicht Ihr Stirnrunzeln, keinen mahlenden Kiefer, keinen Anflug eines Lächelns. In E-Mails sind wir nun einmal auf Worte angewiesen. Schicken Sie mir doch ein paar davon, oder zumindest eines, ein »Ja« zum Beispiel, ein »Bald«, meinetwegen auch ein »Hm«. Das wäre ein Anfang. Auf »Hm« könnte man aufbauen.

Ihr

Tilman Rammstedt

PS: Wenn Ihnen das einfacher erscheint, können Sie mir natürlich auch ein aussagekräftiges Foto schicken.

Mein ehemaliger Bankberater notierte sich viel. Seine Schrift war gleichmäßig und so winzig, dass ich von meiner Seite des Tisches kein Wort ausmachen konnte. Hin und wieder schien er auch Diagramme zu malen, Graphen und Tabellen, die er mit langen Zahlenreihen füllte. An den Rand zeichnete er lachende oder weinende Gesichter, ganze Siedlungen von Nikolaushäusern, abstrakte Vogelschwärme, Totenköpfe. Es konnte passieren, dass er so versunken in seine Zeichnungen war, dass er mein Gehen gar nicht bemerkte. Manchmal winkte ich von draußen noch durchs Fenster, und wenn er mich sah, winkte er freudig zurück, als sei das ein unverhoffter Zufall.

Sehr geehrter Herr Willis,

ich bin mir nicht sicher, ob es mich beruhigen oder noch weiter besorgen soll, dass Sie mir nicht antworten. Womöglich geht es Ihnen ja blendend, so blendend, dass Sie Ihre Mails kaum lesen, weil Sie vor lauter Euphorie gar nicht dazu kommen, weil Sie den ganzen Tag beschäftigt sind mit beglückenden Aktivitäten, mit Sport und Freunden und dem Drehen preisverdächtiger Filme. Vielleicht machen Sie täglich spontane Ausflüge ins Umland. Sie lernen endlich Klavier spielen oder Aikido, Sie haben den rauschendsten Sex seit Jahren und studieren zwischendurch mit Kindern aus Problembezirken ein Musical ein. Abends fallen Sie redlich erschöpft ins Bett und lesen lieber noch in einem guten Buch, irgendeine fesselnde Biografie oder diese japanischen Kurzgeschichten, die Sie zum Geburtstag bekommen haben, vielleicht klappen Sie das Buch auch nach ein paar Seiten zu und denken lieber in Ruhe über den zurückliegenden Tag nach, statt noch einmal den Computer aufzuklappen und E-Mails zu überfliegen, die Ihnen allesamt belanglos vorkommen. Wahrscheinlich ist das alles genau so, und ich gönne es Ihnen von Herzen.

Aber vielleicht ist es auch ganz anders. Das kann ich ja nicht wissen, wenn Sie mir nichts erzählen. Vielleicht lesen Sie abends noch Ihre Mails, vielleicht lesen Sie auch morgens und mittags und nachts Ihre Mails, alle paar Sekunden schauen Sie nach, weil Ihnen einfach nichts anderes einfällt, weil ja die vage Möglichkeit besteht, dass Sie dort endlich mal wieder von etwas überrascht werden, von einem interessanten Drehbuch, vom Facebook-Gruß einer verflossenen Liebe, von irgendeiner Nominierung, dem Sonderangebot eines Reisebüros, ganz egal was, Hauptsache, es lenkt Sie für ein paar Sekunden vom Grübeln ab, Hauptsache, es gibt Ihnen kurz etwas zu tun.

In Los Angeles müsste es jetzt gleich vier Uhr morgens sein, und vielleicht liegen Sie noch wach, weil Sie nie redlich erschöpft sind, nur ständig müde. Die Fernsehprogramme wechseln, bevor dort irgendjemand etwas sagen kann, in einem davon sehen Sie auch kurz sich selbst. Sie kommen nicht auf den Namen des Films, denken aber auch nicht lange darüber nach. In Ihrer rechten Hand liegt die Fernbedienung, in der linken Ihr Telefon, auf dem Sie unentwegt Ihre Mails überprüfen, und gleich wird dort meine erscheinen, und Sie werden sie überfliegen und dann löschen, wie all die vorherigen auch. Dabei könnte ich Ihnen helfen. Das könnte ich wirklich. Bitte, Herr Willis, lassen Sie sich endlich helfen. Sie haben doch nichts zu verlieren. Gerade weil Sie nichts zu verlieren haben, klammern Sie sich doch so an allem fest, was Sie unglücklich macht. Sie haben Angst, dass von Ihnen sonst gar nichts mehr übrig bliebe. Aber glauben Sie mir: Sie würden sogar mehr werden, mehr als Sie sich gerade vorstellen können.

Ihr
Tilman Rammstedt

Manchmal verabredete sich mein ehemaliger Bankberater auch außerhalb seines Büros mit mir. Im Schwimmbad zum Beispiel, im Supermarkt oder in einem Park. »Man kann kein Tagesgeldkonto verstehen, ohne zu verstehen, was ein Baum ist«, erklärte er mir. Er forderte mich auf, die Rinde zu berühren, die Form der Blätter zu beachten, mit dem Finger ihre Struktur nachzuzeichnen. Er deutete auf die Äste und Zweige, den Ansatz der Wurzeln. »Das also ist ein Baum«, sagte er und klang enttäuscht, dass es nicht mehr war als das.

Sehr geehrter Herr Willis,

ich bin es noch einmal kurz. Nur falls Sie meine Mail eben gelöscht haben sollten und es mittlerweile bedauern. Vielleicht schlafen Sie jetzt auch endlich. Dann wünsche ich Ihnen eine gute Nacht und schreibe dies hier sehr leise.

Ihr
Tilman Rammstedt

Mein ehemaliger Bankberater hat mir oft erklärt, dass etwas das ist, was es ist. »3,5 Prozent sind 3,5 Prozent«, »Gold ist eben Gold«, »Dienst ist Dienst und Schnaps ist Schnaps«. Bei meinem ehemaligen Bankberater bedeckte sich alles mit sich selbst, ohne dass irgendwo eine Ecke frei blieb, ohne dass etwas durchschien. Mich beruhigte das. Es tat gut, wenn sich zumindest die Dinge treu blieben. »Ist ein Haus ein Haus?«, fragte ich. »Ja«, sagte mein ehemaliger Bankberater. »Ist eine Woche immerhin eine Woche?«, fragte ich. »Ja«, sagte mein ehemaliger Bankberater. »Ist ein Nein ein Nein?«, fragte ich. »Leider nicht«, sagte mein ehemaliger Bankberater.

Sehr geehrter Herr Willis,

ob ich wohl heute von Ihnen höre? Das würde meinen Tag retten. Nicht dass Sie sich dazu verpflichtet fühlen sollten, meinen Tag zu retten, aber bestimmt würde es Ihnen in Ihrer derzeitigen Situation ganz guttun, irgendetwas zu retten, und meine Tage bieten sich dafür hervor-

ragend an. Es ist jetzt gleich Mittag bei Ihnen in Kalifornien. Bis 17 Uhr Ihrer Zeit lese ich bestimmt noch Mails.
Nur falls es Sie interessiert.
Bis später also, hoffe ich.
Ihr
Tilman Rammstedt

Mein ehemaliger Bankberater benutzte gern Bilder aus dem Tierreich. Ein gutes Portfolio müsse ich mir zum Beispiel vorstellen wie ein Löwenrudel, eine Privatrente wie eine Ameisenstraße, einen Bausparvertrag wie einen Regenwurm. Wenn es sich um Tiere handelte, die Laute von sich geben, machte er diese Laute nach. Er konnte das erstaunlich gut und wusste es und schämte sich ein wenig dafür.

Sehr geehrter Herr Willis,

schade.
Gute Nacht (bzw. Guten Abend),
Ihr
TR

»Spielen Sie Schach?«, fragte mich mein ehemaliger Bankberater einmal. Ich wusste nicht genau, worauf er hinauswollte, nickte aber, und mein ehemaliger Bankberater nickte auch, als hätte er das schon geahnt. »Schade«, sagte er, nahm seinen Kugelschreiber in die Hand und legte ihn dann wieder zurück auf den Tisch.

Sehr geehrter Herr Willis,

bestimmt mache ich mir zu viele Gedanken darüber, warum Sie mir nicht antworten. Wahrscheinlich sind Sie nur gerade umgezogen und Ihr Internet ist noch nicht installiert, vielleicht bin ich aus irgendeinem Grund in Ihren Spam-Ordner geraten. Oder Sie haben mir längst schon geantwortet, vielleicht sogar schon mehrmals, aber haben meine Adresse falsch gespeichert, mein Vorname schreibt sich nur mit einem L und einem N, das wird oft falsch gemacht, am besten antworten Sie einfach direkt auf diese Mail, dann müsste es klappen. Irgend so etwas wird es sein, Herr Willis, und das ist sehr beruhigend.

Manchmal befürchte ich nämlich, dass Sie mir nicht antworten, weil es Ihnen noch schlechter geht als gedacht. Heute in den Wartezimmern (Nachjustierung Knirscherschiene, seltsames Jucken am Hals, allgemeines Unwohlsein) hoffte ich, irgendetwas Neues über Ihren Zustand zu erfahren, aber in keiner der Zeitschriften wurden Sie erwähnt, und das bereitete mir gleich noch größere Sorgen. Gehen Sie überhaupt noch vor die Tür, Herr Willis? Gehen Sie überhaupt noch ans Telefon? Lesen Sie noch

Ihre Mails? Herr Willis, waschen Sie sich noch regelmäßig?

Ihr

Tilman Rammstedt

Wenn mein ehemaliger Bankberater konzentriert nachdachte, betrachtete er dabei seine Fingernägel. Es waren sehr schöne Fingernägel, sorgsam gefeilt, von einem gleichmäßigen Rosa, auf dem sich perfekte Halbmonde abzeichneten. Ich vermutete, dass mein ehemaliger Bankberater häufig nur konzentriert nachdachte, um einen Anlass zu haben, seine Fingernägel zu betrachten. Ich vermutete, dass er dabei oft vergaß, worüber er eigentlich nachdenken wollte, und stattdessen über seine Fingernägel nachdachte. Das konnte ich gut verstehen. Vieles schien plötzlich belanglos im Vergleich.

Sehr geehrter Herr Willis,

Sie müssen sich nicht schämen. Glauben Sie mir, ich kenne diese Tage gut, an denen man einfach keine Mails schreiben kann, an denen es einem sogar unvorstellbar scheint, jemals wieder eine Mail zu schreiben, jemals wieder den Müll runterzubringen, sich jemals wieder zu rasieren, jemals wieder einen vollständigen Satz zu sprechen, ohne ihn irgendwo kurz nach der Mitte versickern zu lassen, weil einem das Konzept »Satz«, das Konzept »sprechen«, das Konzept »sich angeregt unterhalten« auf einmal so wahnsinnig fremd erscheint. Fast genauso fremd wie das Nachmittagsprogramm im Fernsehen, das man dennoch weiter schaut, auch wenn man sich sagt, dass man noch eine Chance hätte, wenn man es genau jetzt ausschalten würde, genau jetzt, und das ist doch wirklich machbar, aber dann lässt man die Chance verstreichen, und es tobt nur noch leise in einem, weil man keine Chancen mehr will, weil man nicht noch einmal hoffen will, um dann doch wieder zu scheitern, in ein paar Stunden, am nächsten Tag, der nächsten Woche, das ist fast egal.

Ich kenne das wirklich gut, und ich weiß, wie wichtig dabei kleine Schritte sind. Bringen Sie zunächst einmal einen Joghurtbecher hinunter. Wenn Sie es nicht bis zur Mülltonne schaffen, genügt es für den Anfang, ihn bis zur Haustür zu bringen. Unterteilen Sie Ihr Gesicht in mehrere kleine Abschnitte und rasieren Sie zunächst einmal einen davon, zum Beispiel die rechte Schläfe. Schreiben Sie keine ganze Mail, sondern nur ein Wort. Schreiben Sie mir ein »Hallo« oder, wenn Ihnen das zu mühsam erscheint, ein »Hi«. Das ist möglich, glauben Sie mir.

Sollte das aber trotzdem noch zu schwierig sein, verzweifeln Sie nicht gleich. Schreiben Sie mir gar nichts, antworten Sie einfach mit einer leeren Mail, auch das ist ein erster Schritt. Sie müssen ihn nur machen, so schnell wie möglich. Lenken Sie das Zögern mit irgendetwas ab. Sie schaffen das, Herr Willis, ich glaube an Sie.

Ihr
Tilman Rammstedt

Dass er leider nicht hellsehen könne, sagte mein ehemaliger Bankberater, als es um langfristige Renditen ging. Er schien das aufrichtig zu bedauern.

Sehr geehrter Herr Willis,

bitte verzeihen Sie. Ich wollte Ihnen in meiner letzten Mail nicht zu nahe treten. Natürlich können Sie den Müll runterbringen, Sie sind schließlich Bruce Willis, und Bruce Willis kann mit Leichtigkeit jederzeit den Müll runterbringen, säckeweise. Und natürlich können Sie in vollständigen Sätzen sprechen, auch wenn Sie das gar nicht nötig haben (gehobene Augenbraue, Stirnrunzeln etc.). Ich wollte Ihnen gewiss nichts unterstellen.

Natürlich können Sie auch Mails beantworten, mit links, mit rechts, beidhändig. Nur meine anscheinend nicht, und dafür gibt es bestimmt eine einleuchtende Erklärung, die mir allerdings gerade nicht einfällt. Aber Sie werden mir das schon erklären, und dann lachen wir über meine übertriebenen Sorgen. Zumindest ich werde lachen, Sie lachen ja bekanntlich nie, das würde Ihnen auch gar nicht stehen. Sie sind Bruce Willis. Vielleicht haben Sie das kurz vergessen, und ich bin hier, um Sie daran zu erinnern. Ich bin hier, um sicher zu gehen, dass Bruce Willis noch Bruce Willis ist und nicht irgendein blasser Schatten seiner selbst. Los, zeigen Sie es mir!

Ihr

Tilman Rammstedt

Als Erstes schenkte mein ehemaliger Bankberater uns beiden immer einen Kaffee aus seiner roten Thermoskanne ein. »Kunde« stand mit Filzstift auf meiner Tasse geschrieben, auf seiner stand: »Ich«. Er selbst schenkte sich im Laufe des Termins noch mehrmals nach, bei mir war das nie nötig. Dass ich ja noch gar nicht ausgetrunken hätte, sagte er am Ende und füllte den Rest sorgsam in einen Plastikbecher um. »To go«, sagte er, und ich stand dann auf der Straße zwischen Hunden und Menschen, in der Hand den längst erkalteten Kaffee, und der Rest des Tages schien mir auf einmal lang, sehr lang.

Sehr geehrter Herr Willis,

vielleicht ist Ihr Schweigen Beweis genug. Bruce Willis antwortet schließlich nicht auf besorgte Mails von irgendwelchen angeblichen Schriftstellern, ganz gleich wie erfahren mit unglücklichen Figuren die sein mögen. Bruce Willis kann auch nichts mit der Frage anfangen, wie es ihm geht. Wie soll es ihm schon gehen? Bruce Willis geht es immer gleich. Bruce Willis ist skeptisch, ohne verbittert zu sein. Bruce Willis will nur seine Ruhe und muss stattdessen ständig irgendetwas retten, mindestens die Welt. Und er ist nur deshalb so gut darin, weil es nichts als eine lästige Pflicht ist, die es möglichst schnell hinter sich zu bringen gilt. Bruce Willis weiß aber auch, dass in Wahrheit die Welt ihn rettet mit ihrer ganzen Unvollkommenheit, ihrer Hilfsbedürftigkeit. Er weiß, dass nichts schlimmer wäre als die Ruhe, nach der er sich so sehnt.

Und deshalb wäre eine Antwort von Ihnen der erschreckende Beweis dafür, dass Sie auf keinen Fall mehr der alte Bruce Willis sind. Der hätte nämlich gar keine Zeit zum Antworten, der hätte gar keine Hand frei, weil er Revolvergriffe und Dynamitstangen und Motorradlenker und Hubschrauberkufen umklammert. Der alte Bruce Willis verbindet sich gerade notdürftig eine Schusswunde, der alte Bruce Willis befreit ein verletztes Kind aus einem im Fluss versinkenden Auto, der alte Bruce Willis sagt irgendeinen kurzen Satz, wenn andere nur schweigen, und schweigt, wenn andere lange Sätze sagen.

Also hoffe ich für Sie, dass Sie mir weiterhin nicht antworten. Sie sind also noch ganz der alte. Gut zu wissen.

Ihr
Tilman Rammstedt

Geld sei das eine, sagte mein ehemaliger Bankberater. Das hier zähle aber auch, sagte er und klopfte sich dabei auf die Brust. »Und das hier«, sagte er und tippte sich an die Stirn. »Und das hier«, sagte er und klopfte sich aufs Knie. Das Wichtige sei, sagte er, zu erkennen, dass alles zusammengehöre. »Yin und Yang«, sagte er. »Ein bisschen Yin und jede Menge Yang.«

Sehr geehrter Herr Willis,

jetzt, da wir alles geklärt haben, will ich gar nicht mehr viel von Ihrer Zeit stehlen und gleich zum Punkt kommen: Ich würde Ihnen gern eine Rolle in meinem neuen Buch anbieten.

Wenn Sie noch der alte Bruce Willis sind, wird das eine Kleinigkeit für Sie, ein Spaziergang, dann sind Sie noch vor dem Frühstück damit fertig. Und falls Sie sich doch kurz aus den Augen verloren haben sollten, ist das vielleicht genau die Herausforderung, nach der Sie suchen. Es würde Sie wieder an Sie erinnern.

Also, Herr Willis, sagen Sie selbst: Ist das nicht eine klassische Win-win-Situation?

Ihr
Tilman Rammstedt

Ein guter Bankberater müsse die Träume seiner Kunden kennen, erklärte mir mein ehemaliger Bankberater. Aber die würden ihm ja nie erzählt, jedenfalls nicht die interessanten. Er schaute mich hoffnungsvoll an, dann wandte er sich irgendeiner Broschüre zu. Man könne ja niemanden zu seinem Glück zwingen, sagte er. Schon aus rein rechtlichen Gründen, sagte er. Da habe er sich erkundigt, sagte er.

Sehr geehrter Herr Willis,

bitte antworten Sie mir nicht voreilig, wenn Ihre Antwort trotz allem »Nein« lauten sollte. Bitte schütteln Sie nicht gleich den Kopf. Sie sollten sich nicht glauben, wenn Sie den Kopf schütteln, das sind dann keinesfalls Sie, das ist dann nur ihre derzeitige Verfassung, die mit dem Kopf schüttelt. Die lehnt nämlich erst einmal alles ab, die lässt nichts an Sie heran, auch wenn es vielleicht genau das ist, was Ihnen guttun würde.

Und behaupten Sie auch bitte nicht, Sie hätten gerade keine Zeit. Wir wissen beide, dass das nicht stimmt. Sie haben mehr Zeit, als Ihnen guttut, und ich brauche auch gar nicht viel davon. Versprochen.

Genau genommen brauche ich Sie nur für ein paar Seiten des Romans, nur für eine Szene, eine einzige brenzlige Situation. Bei brenzligen Situationen sind Sie nun einmal der Erste, der einem in den Sinn kommt, ganz gleich, wie es Ihnen geht. Sie sollen in der Szene meinen Bankberater spielen. Er selbst ist, wie sich leider herausgestellt hat, für brenzlige Situationen nämlich völlig ungeeignet. Als er selbst kommt er da nie raus. Wenn er einfach er selbst bleibt, nimmt die Geschichte kein glückliches Ende, und ich möchte sehr gern, dass sie ein glückliches Ende nimmt.

Und Sie wollen sicher nicht dafür verantwortlich sein, dass es zu keinem glücklichen Ende kommt, Herr Willis. Für Sie ist das doch eine Kleinigkeit, Sie sind schließlich jeder Situation gewachsen, und je brenzliger eine Situation ist, desto gewachsener sind Sie ihr. Ich weiß nicht, ob Sie zum Beispiel gut darin sind, eine Fristverlängerung für die Steuererklärung zu beantragen, ich weiß nicht, ob Sie gut darin sind, eine Fristverlängerung für ein klärendes Beziehungsgespräch zu beantragen. Aber ich weiß, dass Sie gut darin sind, aus einem zum Beispiel explodierenden Bürogebäude zu entkommen. Und auf genau diese Fähigkeiten kommt es jetzt an.

Also, Herr Willis, helfen Sie mir? Helfen wir einander?

Ich bitte Sie um eine ehrliche und rasche Antwort.

Ihr

Tilman Rammstedt

PS: Der Arbeitstitel des Romans lautet übrigens »Die Abenteuer meines Bankberaters«, und es wird bestimmt ein sehr guter Roman, wenn auch bis jetzt unter anderem noch die Abenteuer fehlen. Von Abenteuern ist mein Bankberater leider schwer zu überzeugen.

»Ich begleite Sie noch ein Stück«, sagte mein ehemaliger Bankberater manchmal nach einem Termin am späten Nachmittag. Meist brachte er mich dann bis zu meiner Haustür und verabschiedete sich mit einem schüchternen Winken. »Also dann«, sagte er. Wenn ich später durch die Gardinen des Schlafzimmerfensters schaute, sah ich ihn immer noch da stehen. In der linken Hand seine Aktentasche, in der rechten Hand nichts, reglos, als wollte er mit dem Straßenbild verschmelzen, aber das Straßenbild nicht mit ihm.

Sehr geehrter Herr Willis,

geben Sie es zu. Irgendetwas in Ihnen hat gezuckt, als Sie gestern von der brenzligen Situation lasen. Ihr Rücken hat sich sofort aufgerichtet, Ihre Bauchmuskeln haben sich angespannt, Ihre Augen weit geöffnet. Sie haben Ihren Puls gehört, zum ersten Mal seit Wochen, seit Monaten. Sehr vertraut hat sich das angefühlt, vertrauter, als Ihnen lieb war. Sie haben sofort die Atemübungen gemacht, die Ihnen Ihr Therapeut empfohlen hat. Sie haben ein Glas Wasser getrunken, ohne durstig zu sein, und dann so lange auf den Kühlschrank gestarrt, bis sich das vertraute Gefühl immer weiter zusammengezogen hat, bis es nur noch ein winziger Punkt war, der in Ihrer Brust flimmerte und leicht mit irgendetwas verwechselt werden konnte, mit Sodbrennen, mit einer fernen Erinnerung.

Sie setzen sich noch einmal an Ihren Computer, um mir zu schreiben, dass ich Ihnen bitte keine weiteren E-Mails mehr schicken solle, Sie hätten an der Rolle kein Interesse, und ja, in Gottes Namen, es gehe Ihnen gut. Sie schreiben das sehr schnell, aber kurz vor dem Abschicken zögern Sie dann doch ein paar Sekunden zu lange. Sie mögen dieses Zögern nicht. Dass Sie früher nie gezögert hätten, denken Sie und speichern die Mail erst einmal. Für später, nur für alle Fälle. Sie wollen warten, bis der Punkt in Ihrer Brust aufgehört hat zu flimmern. Aber da können Sie lange warten, Herr Willis, der wird damit so schnell nicht aufhören, weil Sie eigentlich gar nicht wollen, dass er damit aufhört, weil Sie gar nicht wollen, dass ich Ihnen nicht mehr schreibe. Sie ertappen sich doch sogar ab und zu dabei, enttäuscht zu sein, wenn eine neu eingehende Mail nicht von mir ist. Wir sind für einander doch längst Teil unseres Lebens geworden. Wir können uns doch gar nicht mehr genau erinnern, wie es ohne den anderen war.

Ist es nicht so, Herr Willis? Ist es nicht genau so?

Ihr

Tilman Rammstedt

Mein ehemaliger Bankberater zählte gern Gründe auf, auch wenn er beim Zählen meistens nur bis zur Eins kam. »Erstens, weil es sich nicht rechnet«, sagte er zum Beispiel und hielt mit dem linken Zeigefinger seinen rechten Daumen fest. Dann überlegte er noch kurz, bevor er beschloss, dass ein Grund schon ziemlich viel sei, und auf jeden Fall mehr als genug.

Sehr geehrter Herr Willis,

ich kann mir vorstellen, warum Sie nicht antworten. Wahrscheinlich reizt Sie die Rolle zwar sehr, aber Sie sind jetzt beleidigt, weil ich Sie nur für ein paar Seiten des Romans benötige. Dass Sie doch kein Stuntman seien, murmeln Sie vor sich hin, kein Body-Double, kein Feuerwehrmann, der nur schnell mal eine brenzlige Situation löscht und anschließend am Buffet im Weg steht. Dass ich Ihnen die Rolle des Bankberaters außerhalb der brenzligen Situation wohl nicht zutrauen würde, murmeln Sie. Weil der Bankberater ja meiner Meinung nach zu vielschichtig für Sie sei, zu facettenreich. Dabei können Sie doch auch facettenreich, da sind Sie sich ganz sicher, aber viel zu selten wird das von Ihnen verlangt. Ihre vielen Facetten sind untrainierte Muskeln, die langsam verkümmern, weil sie nicht ausreichend beansprucht werden.

Und Sie erinnern sich, wie Sie damals im Schultheater den Hamlet gespielt haben. Sie hatten bei der Premiere im zweiten Akt einen Aussetzer, Sie sind ein paarmal über Ihren Umhang gestolpert und beim Schlussapplaus einmal zu oft rausgegangen, aber Sie haben Hamlet verdammt noch mal verstanden, und Hamlet hat Sie verstanden, so wie keine Rolle nach ihm. Dieses Gefühl vermissen Sie. Dieses Gefühl, keine Rolle zu spielen, sondern einen Freund.

Aber wissen Sie was, Herr Willis? All das können Sie auch in einer einzigen Szene erleben, auf zwei, drei Seiten. Das traue ich Ihnen zu. Sie können das ganze Vorgeplänkel auslassen und gleich in die brenzlige Situation einsteigen. Sie sind doch kein Mann, der sich mit Vorgeplänkel aufhält. Sie brauchen doch keinen Anlauf, um die ganze Vielfalt einer Figur zu zeigen. Und der Bankberater in meinem Roman ist zwar kein Hamlet, da will ich Ihnen jetzt nichts Falsches versprechen, aber zweifellos eine überaus facettenreiche Person. Das hat er mir jedenfalls mehrmals versichert. Sonst wäre ich doch nie auf die Idee gekommen, ein Buch über Sie zu schreiben. Und Ihnen biete ich jetzt die Möglichkeit, diese Figur zu retten, das glückliche Ende zu retten und sich selbst und mich in einem Aufwasch gleich mit dazu.

Sie haben also wirklich keinen Grund, beleidigt zu sein. Wenn überhaupt, dann hätte ich einen Grund beleidigt zu sein, weil Sie nicht sofort zusagen. Aber das bin ich nicht, dafür respektiere ich Sie zu sehr. Als Schauspieler und als Mensch, mit all Ihren Facetten.

Ihr

Tilman Rammstedt

Zum Termin nach meinem Geburtstag hatte mir mein ehemaliger Bankberater einen Kuchen gebacken, auf den er während unseres Gesprächs so lange schaute, bis ich ihm schließlich ein Stück anbot. »Noch einmal: Herzlichen Glückwunsch«, sagte er mit vollem Mund und suchte auf seinem Computer nach einer Aufnahme von »Happy Birthday«, fand aber keine und spielte mir stattdessen etwas von Shakira vor. Später nahm er sich noch ein zweites Stück.

Sehr geehrter Herr Willis,

ich möchte Sie ungern drängen, aber langsam wird es für mich wichtig, ein wenig Planungssicherheit zu bekommen. Andauernd muss ich irgendwen vertrösten (meinen Verlag, meine Frau, mich selbst), weil mich alle fragen, wann denn das glückliche Ende kommt, von dem ich immer rede, und langsam gehen mir die Ausreden aus.

Ich kann mir mittlerweile den Roman ohne Sie gar nicht mehr vorstellen. Je länger ich darüber nachdenke, desto klarer wird mir, dass Sie für die Rolle meines Bankberaters einfach perfekt geeignet sind, viel besser als er selbst. Sie füllen genau die Lücke, die er beim Aufwachen in sich spürt. Wenn er in den Spiegel schaut, ist er für den Bruchteil einer Sekunde enttäuscht, nicht Sie zu sehen. Dieses leichte Ziehen in seinem Magen, dieses Kitzeln ganz hinten auf der Zunge, ganz hinten in der Seele, das sind immer Sie. Sie können mir da ruhig vertrauen, denn ich kenne meinen Bankberater in- und auswendig.

Anderthalb Jahre lang habe ich ihn immer wieder getroffen, am Ende sogar täglich. Ich habe alles gewissenhaft mitgeschrieben, ich habe ihn beobachtet, ihn studiert, mir nächtelang den Kopf über ihn zerbrochen. Mit nichts kenne ich mich so gut aus wie mit ihm. Ich wusste Dinge über ihn, die er selbst nicht wusste, die er selbst nicht einmal ahnte. Er hätte zum Beispiel nie geahnt, dass er seine eigene Bank überfallen würde. Nie im Leben. Aber ich habe es geahnt. Ich habe die brenzlige Situation kommen sehen. Ich habe sogar versucht, ihn zu warnen, aber er hat nicht auf mich gehört, und nun ist es zu spät, nun steht er mitten im Schalterraum seiner Bank, mitten im Überfall, mitten in der brenzligen Situation. Sie, Herr Willis, müssen ihn dort wieder rausholen, so schnell wie möglich. Er selbst wird das niemals schaffen. Als er selbst ist mein Bankberater verloren. Als wir selbst sind wir alle verloren. Wenn alle nur sie selbst bleiben, kommt es zu keinem glücklichen Ende, und ich bestehe auf einem glücklichen Ende. Ich lasse da nicht mit mir diskutieren.

Ihr
Tilman Rammstedt

Mein ehemaliger Bankberater glaubte, wie er mir versicherte, nur an zwei Dinge: an den lieben Gott und dass es für alles eine Lösung gebe. »Und an Wespen«, ergänzte er dann, an Wespen glaube er auch.

Sehr geehrter Herr Willis,

wahrscheinlich denken Sie jetzt, ich sei selbst schuld. Sie denken, ich hätte meinen Bankberater vor der brenzligen Situation bewahren sollen. Sie denken, ich allein würde das glückliche Ende verhindern und weigerte mich nun einfach, den Tatsachen ins Auge zu sehen. Aber, Herr Willis, genau deshalb wende ich mich doch an Sie. Sie akzeptieren doch selbst nie die Tatsachen. Nie hindert Sie Tatsächliches daran, etwas nicht zu tun. Die Tatsachen sind doch stets Ihr liebster Gegner.

Und ja, ich habe alles kommen sehen. Aber auch wenn man alles kommen sieht, weiß man nicht, wann genau es kommt, und noch weniger weiß man, wohin es führt. Und vielleicht war ich auch genau an diesem Tag, beim letzten Termin mit meinem Bankberater, zu abgelenkt von anderen Dingen (Liebe, Körper, Beruf), viel zu sehr auf mich fixiert, um zu merken, dass es nun so weit war, dass sich mein Bankberater mitten im Satz selbst unterbrach, dass er »In Ordnung« sagte und »Entschuldigen Sie mich bitte für einen Moment.« Es war nun so weit, dass er in seine Jackentasche griff, einen Revolver hervorholte, sich noch einmal bei mir entschuldigte, die Tür öffnete und in den Schalterraum trat, dass er sich räusperte, dass er zweimal nickte, sich noch einmal räusperte und dann seine Bank überfiel.

Nichts davon überraschte mich, bis auf den Zeitpunkt. Mein Bankberater war viel erstaunter als ich. Er schaute mit genau derselben Mischung aus Furcht und Belustigung auf den Revolver wie sein Kollege am Schalter, auf den die Waffe gerichtet war. Wahrscheinlich erschrak er noch etwas mehr als die anwesenden Kunden, als ein Schuss in die Decke abgefeuert wurde, wahrscheinlich fragte er sich, wer denn da »Alle auf den Boden« sagte, erst viel zu leise, dann lauter, schließlich mit sich überschlagender Stimme: »Hände weg vom Alarmknopf, Herr Gerland.« Wahrscheinlich kam ihm die Stimme vage bekannt vor, aber viel zu laut, viel zu übersteuert. Wahrscheinlich wunderte er sich, dass er nach all den Jahren ausgerechnet heute in einen Banküberfall geraten war, obwohl sich der Tag nicht anders angefühlt hatte als die vorherigen, aber so einen Banküberfall sieht man als Bankräuber vielleicht als Letzter von allen kommen, der liegt nicht in der Luft, und wahrscheinlich ist es der Banküberfall, der sich den Tag aussucht. »Ich überfalle gerade meine Bank«, dachte mein Bankberater, sah kurz auf seine Fingernägel und wunderte sich, wie erleichtert er auf einmal war.

Er selbst hatte mit dem Banküberfall ganz sicher nicht gerechnet, sonst wäre er doch besser vorbereitet gewesen, sonst hätte er sich doch Gedanken darüber gemacht, wie es danach weitergehen solle, wie er aus der Bank wieder herauskäme. Sonst hätte er doch nicht so verloren dagestanden mit dem lächerlich kleinen Bündel Geldscheine in der Hand, sonst hätte er doch eine Tasche mitgebracht, zumindest eine Plastiktüte, sonst hätte er sich doch nicht leise bei Herrn Gerland für die kollegiale Zusammenarbeit bedankt, sonst hätte er doch nicht »Alle liegen bleiben« gerufen, nur weil er die Stimme noch einmal hören wollte, um herauszufinden, ob sie wirklich ihm gehörte.

Hätte er mit dem Banküberfall gerechnet, hätte er doch seine Beine bewegen können, dann hätte er doch auch seine Arme bewegen können, dann hätte sich nicht diese Schwere auf ihn gesetzt, dann wäre nicht diese Müdigkeit in ihn gekrochen, dann hätte er sich doch nicht neugierig umgesehen, um zu schauen, wie es wohl weiterginge, wer denn jetzt mit irgendetwas an der Reihe wäre. Er hätte nicht müde gelächelt, als die Sirenen zu hören waren, als der Schalterraum in blaues Licht getaucht wurde, als man von draußen die schweren, zielstrebigen Schritte hörte, kurze Befehle, als irgendetwas durch einen Lautsprecher gerufen wurde. Er hätte doch verstanden, was da gerufen wurde, er hätte doch gewusst, was er darauf zu antworten hatte, er hätte sich doch nicht zu mir umgedreht, er hätte nicht auf einmal kleiner und älter ausgesehen als der Keramikelefant auf seinem Schreibtisch, er hätte mich doch nicht zum ersten Mal, seit wir uns kannten, nach meiner Meinung gefragt. »Und was jetzt?«, fragte er, und ich wusste keine Antwort. Wie auch? Etwas kommen zu sehen, hilft einem selten weiter.

Das also ist die brenzlige Situation, Herr Willis. Im Roman steht mein ehemaliger Bankberater immer noch im Schalterraum seiner Bank, sein Blick ist immer noch auf mich gerichtet. Von draußen leuchtet es blau, man hört keine Schritte mehr, alle sind auf ihrem Posten, alle sind bereit, alle warten, und mein Bankberater weiß nicht weiter. Das überrascht mich nicht. Er passt nicht in so eine Situation. Sie passen in so eine Situation, Herr Willis. Sie wissen, was zu tun ist. Also tun Sie es bitte. Tun Sie es bitte auf der Stelle.

Und sagen Sie jetzt nicht, dass Sie noch einmal darüber schlafen möchten. Darüber schlafen macht alles immer nur komplizierter, das muss ich Ihnen nicht erzählen. Sagen Sie nicht, dass Sie bedauerlicherweise andere Verpflichtungen haben. Das hier ist ein Notfall, das werden die Verpflichtungen verstehen. Und denken Sie daran: Es geht hier nicht nur um Sie. Es geht um meinen Bankberater, es geht um mich, es geht um das glückliche Ende einer Geschichte. Darum geht es doch immer, nur darum geht es immer.

Ihr
Tilman Rammstedt

Eine Altersvorsorge könne er mir nicht guten Gewissens empfehlen, sagte mein ehemaliger Bankberater. »Überhaupt: Vorsorge«, sagte er. »Als ob man die Sorgen so einfach hinters Licht führen könnte, als ob man weniger Sorgen hätte, wenn man sie einfach nach vorne verlegt.« Er sah mich aufgebracht an. »Den Sorgen selbst ist es reichlich egal, was für eine Art von Sorge sie sind«, ließ er mich notieren. Dann ließ er es mich doppelt unterstreichen.

Sehr geehrter Herr Willis,

ich hoffe Sie mit meiner gestrigen Mail nicht überfordert zu haben. Das war vielleicht ein bisschen viel auf einmal. Sie sind bestimmt sofort aufgestanden und ziellos durch die Wohnung gelaufen. Sie haben den Kühlschrank geöffnet und wieder geschlossen. Sie haben Gegenstände in die Hand genommen, einen Teller, einen Briefumschlag, einen unförmigen Filmpreis, weil Sie das dringende Bedürfnis hatten, etwas in der Hand zu halten. Sie sind ins Badezimmer gegangen, haben in den Spiegel geschaut und waren nicht erschrocken über das, was Sie da sahen. Sie kennen Ihr Gesicht schließlich, Sie kennen es in- und auswendig. Sie kennen die Falten, die Augenringe, den viel zu routiniert stechenden Blick. Sie haben sich die Zähne geputzt, um einen Grund zu haben, noch etwas länger vor dem Spiegel zu stehen. Der Schaum lief Ihnen übers Kinn und tropfte von dort auf Ihr Hemd. »Keine Chance«, haben Sie gemurmelt und selbst nicht genau gewusst, was Sie damit meinten, und deshalb haben Sie es noch einmal gemurmelt: »Keine Chance«, und die Worte kamen Ihnen angenehm vertraut vor, wie Freunde von früher, als andauernd irgendjemand behauptete, dass es keine Chance gebe, mitunter sogar Sie selbst. Nie aber war das ein Grund, es nicht zu versuchen.

Und deshalb sind Sie schnell zurück an den Schreibtisch, den Zahnpastaschaum noch im Mundwinkel. Sie haben wahrscheinliche und unwahrscheinliche Grundrisse der Bank gezeichnet. Sie haben die Ausrichtung der Türen und Fenster studiert, die Treppenhäuser, die Lüftungsschächte. Sie haben geeignete Verstecke markiert, von den Überwachungskameras nicht erschlossene Ecken, Deckung bietende Möbel und Mauervorsprünge. Sie haben Schusswinkel berechnet, Zugriffszeiten, maximale Sprungdistanzen und wie lange Sie notfalls ohne zu atmen unter Wasser bleiben könnten, auch wenn es da weit und breit kein Wasser gibt. Sie haben Listen erstellt mit möglichen Tarnungen, Ablenkungsmanövern, Bluffs und Doppelbluffs. Sie haben technische Daten von Drehstühlen recherchiert, von Feuerlöschern und Druckkugelschreibern und dabei viel zu viel Kaffee getrunken. Sie haben gar nicht gemerkt, dass es draußen bereits hell wurde. Sie fühlten sich so wach wie schon lange nicht mehr. Und dann standen Sie am Fenster, schauten hinaus in den anbrechenden Morgen Kaliforniens, Palmen, frühe Jogger, und zerknüllten all ihre Pläne, zerrissen die Listen, die Berechnungen, weil sich nicht alles planen lässt, weil man sich in manche Situationen einfach hineinstürzen muss, ohne Plan, ohne Berechnung, nur darauf vertrauend, wieder hinauszufinden und irgendwo zu landen, wo man es nie geahnt hätte.

Sie haben die Pläne satt, Herr Willis. Sie haben es satt, sich vorher immer alles auszumalen, weil es dann ja doch immer ganz anders wird und es sich zwar gut anfühlt, wenn ein Plan aufgeht, es sich aber noch viel besser anfühlt, wenn ein Plan aufgeht, von dem man vorher nicht einmal ahnte, dass es ihn irgendwo da draußen überhaupt gibt.

Sie wollen in diese Bank, Herr Willis. Oder nein: Sie sind längst drin. Sehen Sie das endlich ein. Hören Sie auf, sich dagegen zu wehren. Wir sind doch schon weiter. Es geht doch längst darum, wie Sie aus der Bank wieder rauskommen. Lebend, aber nicht unversehrt. Sie wollen sich doch endlich wieder einmal versehren. Sie wollen keine Rückenschmerzen, kein Sodbrennen, Sie wollen keine Karies, keine Knieprobleme und keine Glutamatunverträglichkeit. Sie wollen eine verdammte Schusswunde. Sie wollen ein unbehandelbares Problem. Hier ist es. Sie müssen nur zugreifen.

Schreiben Sie mir, dass Sie bereit sind. Oder schreiben Sie mir, dass Sie nicht bereit sind, dass es aber auf das Bereitsein nie ankommt, weil die Welt schließlich nicht immer geduldig warten kann, bis alle bereit sind, sich mit ihr auseinanderzusetzen. Schreiben Sie mir das, Herr Willis, schreiben Sie mir das auf der Stelle.

Ihr
Tilman Rammstedt

»Ich bin eine äußerst facettenreiche Person«, erklärte mir mein ehemaliger Bankberater, als wir nach unserem Termin noch ein kleines Bier trinken wollten und stattdessen fünf große tranken. Das Dumme sei nur, dass sich die Facetten so ungemein ähnlich sähen. So ähnlich, dass er sie selbst kaum auseinanderhalten könne. »Da kann man nichts machen«, sagte er nach einem langen Schluck aus seinem Glas. Und ich sagte: »Da kann man nichts machen«, nach einem kurzen Schluck aus meinem.

Sehr geehrter Herr Willis,

die Welt kann nicht warten, ich kann nicht warten, das glückliche Ende kann nicht warten. Die Polizisten vor der Bank können nicht mehr warten, die wollen zurück zu ihren Familien, zu ihrem richtigen Leben, und mein Bankberater will auch endlich zu seinem richtigen Leben, deshalb ist er ja hier, mitten in der Bank, mitten in der Ausweglosigkeit. Er kann am allerwenigsten warten. Der Revolver liegt fremd in seiner Hand, als ob er nur kurz für jemand anderen darauf aufpassen soll, der einfach nicht zurückkommt.

Draußen ist es verdächtig still geworden, auch drinnen wagt niemand zu sprechen. Man hört das leise Summen der Neonröhren, hin und wieder gluckert der Wasserspender. Ich schaue meinen Bankberater an, und ich kann doch sehen, dass Sie das sind, Herr Willis. Das sind doch Ihre Zähne, die in die Unterlippe beißen. Das ist doch Ihr Blick, der da so flackert. Das sind doch Ihre hängenden Schultern. Jetzt wäre der richtige Moment, sie wieder aufzurichten. Genau jetzt wäre der richtige Moment, die Augen zu verengen, die Brust rauszustrecken, laut auszuatmen und »Los geht's« zu sagen, oder »Showtime« oder meinetwegen nur noch einmal »In Ordnung«, weil es, wenn man keine Wahl hat, doch nichts anderes als in Ordnung sein kann. Es wäre der richtige Moment, sich selbst zu beweisen, wie gut es sich anfühlt, so etwas zu sagen. Und es wäre auf jeden Fall der richtige Moment, mir endlich zu schreiben. Genau jetzt.

Bis gleich,
Ihr
Tilman Rammstedt

Bei einem unserer Termine hatte mein ehemaliger Bankberater ein kleines Stoffkrokodil dabei. Er sprach an diesem Tag mit verstellter Stimme und bewegte dabei den Kopf des Krokodils hin und her. Was das denn bitte solle, fragte ich ihn. Er schaute das Krokodil an, das Krokodil schaute ihn an, dann entschuldigte er sich bei mir. »Nur ein Versuch«, sagte er. Und ob es denn verkehrt sei, ab und an einfach mal etwas zu versuchen. »Nein«, sagte das Krokodil.

Herr Willis,

genau jetzt.

TR

Einmal rief mich mein ehemaliger Bankberater mitten in der Nacht an. »Ich wollte nur mal hören«, sagte er, und dann hörte er.

Sehr geehrter Herr Willis,

da ich nicht genau weiß, wann Sie Ihre Mails lesen, habe ich beschlossen, den richtigen Moment bis heute Abend, 22 Uhr (mitteleuropäische Zeit), zu verlängern. Dann wird, so leid mir das tut, die Bank gestürmt. Dann wird, so leid mir das tut, niemand mehr glücklich.

Mfg,
T. Rammstedt

Bei einem unserer Termine im Park betrachtete mein ehemaliger Bankberater lange eine Pfütze. »Pfützen sind die Ozeane des kleinen Mannes«, sagte er. Er trat einen Schritt zurück. »Des sehr kleinen Mannes«, sagte er dann.

Sehr geehrter Herr Willis,

wahrscheinlich handelt es sich um ein interkontinentales Missverständnis, vielleicht wissen Sie nicht genau, wann 22 Uhr deutscher Zeit ist (bzw. war), also gebe ich Ihnen noch einen Aufschub bis 22 Uhr Ihrer Zeit. Also noch knapp neun Stunden. Das ist dann die letzte Chance. Nur dass Sie das wissen.

Tilman Rammstedt

PS: Statt »Los geht's«, »Showtime« oder »In Ordnung« können Sie von mir aus auch »Bringen wir's hinter uns« sagen. Oder »Ich sehe euch auf der anderen Seite«, auch wenn mir das etwas bemüht erscheint. Sie müssen auch gar nichts sagen (kein Mann der vielen Worte, Stirnrunzeln etc.). Viel wichtiger ist, dass Sie etwas tun. Und wenn möglich bis 22 Uhr. Und wenn möglich das Richtige.

Mein ehemaliger Bankberater hatte ein feines Gespür für Abwesenheiten. »Heute regnet es sehr stark nicht«, konnte er zum Beispiel unvermittelt feststellen oder: »Die Leere dieses Bierglases ist zu groß« oder auch: »Ich erinnere mich genau an all das, was ich jemals vergessen habe«, obwohl ich dabei vermute, dass es aus irgendeinem Lied stammte und mein ehemaliger Bankberater nur fand, dass es gut klang. »Aber mal im Ernst«, sagte er dann immer. »Es gibt viel mehr nicht, als es gibt.« »Denken Sie mal drüber nach«, fügte er noch hinzu, und das machte ich tatsächlich, kam dabei aber nie sehr weit.

Sehr geehrter Herr Willis,

in Ordnung. Es ist Ihre Entscheidung, ich kann Sie nicht zwingen. Sie rühren sich also immer noch nicht, Sie schreiben nichts, Sie sagen nichts. Aber ob Sie es nun wollen oder nicht: Sie sind in dieser Bank. Und ob Sie es nun wollen oder nicht: Die Bank ist umstellt. Die Polizisten interessiert es nicht, ob Sie das wollen. Die Scharfschützen interessiert es nicht, Herrn Gerland interessiert es nicht und die auf dem Boden kauernden Kunden erst recht nicht. Da ist eine hochschwangere Frau, Herr Willis, da ist ein alter Mann, der dringend seine Blutdruckmedikamente braucht, da ist dieser Kerl mit den großen Kopfhörern, der gerade mit sich aushandelt, ob er hier den Helden spielen soll, und wer weiß, wofür er sich entscheidet.

Und wissen Sie was, Herr Willis, mich interessiert ehrlich gesagt auch nicht mehr, ob Sie das wollen oder nicht. Sie sind in der Bank, und Sie müssen dort wieder raus, egal wie, das ist Ihr Problem, nicht meines. Ob Sie es wollen oder nicht, sind alle Augen auf Sie gerichtet. Alle bis auf Ihre eigenen, die wandern durch den Raum, kehren wieder zurück zu mir, rechts hinter Ihnen, an die Wand gelehnt. Sie sagen nichts, das ist Ihre Entscheidung, aber Ihr Blick hält sich nicht daran. »Hilfe«, sagt er, und mein Blick sagt: »Sie schaffen das.« »Hilfe«, sagt Ihr Blick noch einmal etwas lauter, und mein Blick sagt: »Sie schaffen das ganz sicher. Sie sind Bruce Willis«. Ihr Blick senkt sich. »Bin ich das wirklich?«, fragt er. Mein Blick zögert kurz, dann sagt er: »Sie waren es noch nie so sehr wie jetzt«, und Ihr Blick wendet sich wenig überzeugt ab.

Es ist fast wie bei Ihrem Hamlet damals, bei Ihrem Aussetzer im zweiten Akt. Alle schauen Sie gebannt an, und Sie wissen den Text einfach nicht. Sie wissen, dass es ihn gibt, dass er sich nur versteckt hat, ganz knapp außerhalb Ihrer Reichweite, aber Sie wissen auch, dass Sie ihn nicht finden werden. Nicht, wenn alle Augen auf Sie gerichtet sind, nicht in dieser sirrenden Stille, nicht mit diesem Revolver in der Hand, der immer schwerer wird, den Sie gern irgendwo ablegen würden, aber Sie wissen auch nicht mehr, wie man etwas ablegt. Sie wissen nicht, wie man im Boden versinkt. Sie wissen nicht, wie man sich in Luft auflöst. Sie wissen nicht, wie Sie das Schweigen beenden können, das viel zu groß ist, um aus Ihnen hinauszugelangen, es drückt im Bauch, es füllt den Hals, es verklebt den Mund, diese lächerlich kleine Öffnung, und Sie wissen nicht, wie Sie die Starre beenden können, wie man irgendetwas bewegt, ein Bein, eine Hand, all diese Auswüchse, dieses unübersichtliche Gewirr von Sehnen und Muskeln und Gelenken. Sie versuchen probehalber einen Fuß in Gang zu setzen, aber das Signal verläuft sich, biegt falsch ab, landet im Finger, der sich krümmt, und er krümmt sich wahnsinnig laut.

Sie starren auf den Finger. Sie starren auf den Revolver, den schlanken Rauch. Die Waffe fällt aus Ihrer Hand, und Sie sind so erleichtert darüber, die Starre gebrochen zu haben, die Stille gebrochen zu haben, dass Sie gar nicht mitbekommen, wie der Kerl mit den großen Kopfhörern aufspringt und sich den Revolver greift. Sie bekommen nicht mit, wie plötzlich die Tür explodiert, wie plötzlich geschrien wird. Alles voller Rauch, voller schwarz gepolsteter Männer, voller Helme und Lichtkegel und Kommandos. Sie bekommen nicht mit, wie der Kerl mit den großen Kopfhörern niedergerungen wird, wie alle wild durcheinanderschreien. Sie stehen nur lächelnd mitten im Getümmel und krümmen immer wieder Ihren Finger, weil zumindest das endlich gelingt.

Sie müssen da raus, Herr Willis. Sie müssen sofort da raus. Das schreie ich Ihnen auch in der Bank zu, aber Sie strahlen mich nur an und zeigen mir stolz, wie Sie Ihren Finger krümmen können. Die Polizisten rufen immer wieder, dass sich alle auf den Boden legen sollen, und ich rufe immer wieder, dass sich alle mit erhobenen Händen an die Wand stellen sollen, um in dem Durcheinander noch etwas Zeit für Sie zu gewinnen, aber Sie sind ganz auf Ihren Finger konzentriert, während sich um Sie herum alle hinlegen und wieder aufstehen, während sich immer mehr Polizisten auf den Kerl mit den großen Kopfhörern werfen.

Ich möchte Ihnen ja helfen, Herr Willis, aber Sie müssen sich auch helfen lassen. Sie müssen die Chance nutzen, die nur Sie sehen können. Sie müssen »Er hat eine Bombe« rufen, doch Sie denken gar nicht daran, das kommt Ihnen nicht einmal in den Sinn, auch nicht, als ich es Ihnen ins Ohr flüstere, es Ihnen pantomimisch vormache, Sie haben nur Augen für Ihren bescheuerten Finger, also rufe ich es selbst: »Er hat eine Bombe!«

Ich rufe es, so laut ich kann, und tatsächlich schauen alle erst mich und dann den niedergerungenen Kerl mit den Kopfhörern an. Sogar er selbst blickt an sich hinab, bevor alle schreien und drängen und schubsen und im sich nur langsam lichtenden Nebel der Rauchbomben den Ausgang suchen. Ich finde ihn. Wir finden ihn, Herr Willis, denn ich zerre Sie mit, ich blinzele mit Ihnen ins Tageslicht, ich hake Sie unter und renne los. Sie stolpern neben mir her, noch immer den Finger krümmend. Sie krümmen ihn, während ich Sie antreibe. Sie krümmen ihn, während hinter uns gerufen wird, dass wir sofort stehen bleiben sollen. Sie krümmen ihn, während der erste Schuss fällt, während Sie in meinem Arm durchgeschüttelt werden, Sie schreien nicht, obwohl ich das Blut sehen kann, das sich auf Ihrer Hose ausbreitet. Sie krümmen nur weiter Ihren Finger, während ich Sie Haken schlagend weiterschleppe, Schüsse links und rechts und zum Glück nicht dazwischen, und wir endlich um eine Ecke biegen können. Sie krümmen ihn, während wir Autos ausweichen, Hundeleinen überspringen, mit einem Fahrradfahrer zusammenstoßen. Sie krümmen ihn, während ich das Fahrrad aufhebe, mich beim Fahrer entschuldige und ihn wegstoße, während ich Sie auf den Gepäckträger setze, Ihre Arme um mich lege und wild schlingernd losfahre. Sie krümmen ihn, während wir Fahrt aufnehmen, wahllos abbiegen, bis es endlich bergab geht. Zwar nur für eine kurze Strecke, aber das reicht fürs Erste. Ich muss nicht mehr in die Pedale treten, der Fahrtwind ist angenehm kühl, Ihr Kopf drückt sich an meinen Rücken. Wir drehen uns nicht um, weil wir weiter glauben möchten, vorerst in Sicherheit zu sein.

Ob das hier schon das glückliche Ende sei, überlege ich. Es wäre ein schönes Bild, wir beide auf dem Fahrrad, Abendsonne, gleichmäßige Schlangenlinien, die immer größer werdenden Abstände der Blutstropfen auf dem Asphalt. Ich biege noch ein paarmal ab, um eine lange gerade Straße zu finden, die möglichst direkt auf den Sonnenuntergang zuläuft, aber keine scheint mir angemessen, keine sieht so aus, als ob sie in irgendeine Zukunft führen würde, immer nur bis zur nächsten Kreuzung, wo es dann wieder etwas zu entscheiden gibt.

»Es ist noch nicht vorbei«, sage ich, während sich die Straßen immer mehr beruhigen, Kopfsteinpflaster, Garagen, nur noch vereinzelt ein Blumengeschäft, ein Optiker. Ich weiß nicht, ob Sie darauf tatsächlich nichts erwidern oder ich es nur durch den Fahrtwind nicht verstehe. Das macht aber ohnehin keinen großen Unterschied. Es gibt jetzt kein Zurück mehr. Das wissen Sie auch, Herr Willis. Ob Sie es nun wollen oder nicht.

Links plötzlich Brache, Bauland, dahinter Wald, ich steuere darauf zu. »Das war das letzte Mal, dass ich Ihnen geholfen habe«, sage ich und kann nicht wissen, wie wenig das stimmt.

Ihr

Tilman Rammstedt

Einmal habe er fast ein großes Gefühl gehabt, sagte mein ehemaliger Bankberater. Bei genauerer Überlegung sei es aber doch eher klein gewesen und bei noch genauerer noch nicht einmal streng genommen ein Gefühl. Er habe dann lieber schnell aufgehört, genau zu überlegen. »In letzter Sekunde«, sagte er.

Sehr geehrter Herr Willis,

das Wichtigste zuerst: Es wird Sie sicher beruhigen, dass ich die Schusswunde an Ihrem Bein notdürftig versorgen konnte. Mein linker Hemdärmel dient als Verband, zum Desinfizieren mussten ein paar Birkenblätter reichen. Das sei ein altes Hausmittel, habe ich Ihnen gegenüber behauptet und gehofft, dass es vielleicht sogar stimmt. Natürlich brauchen Sie einen Arzt, aber Sie brauchen ohnehin vieles, was hier und jetzt, mitten in diesem Wald, nicht aufzutreiben ist. Wir müssen uns mit dem begnügen, was da ist: Bäume, Moos, Erschöpfung und sonst nicht viel. Das Fahrrad habe ich im Unterholz versteckt. Ich habe die SIM-Karten aus unseren Telefonen entfernt, weil ich schließlich weiß, wie man aufgespürt wird, und weil ich es aber doch nicht so genau weiß, habe ich die Telefone sicherheitshalber so lange auf den Boden geworfen und bin darauf herumgetreten, bis alle Zweifel ausgeräumt waren. Ihren Arm um meine Schulter gelegt, habe ich Sie dann bis zu dieser kleinen Lichtung geschleppt. Es tut mir leid, wenn ich zwischendurch manchmal etwas laut geworden bin, aber Sie sind nun einmal nicht besonders handlich, nehmen Sie es nicht persönlich.

Als ich Sie losließ, legten Sie sich sofort auf den Boden, die rechte Hand als Kopfkissen, die Beine angewinkelt, als erwarteten Sie, dass ich Sie zudecke. Und nichts hätte ich lieber getan, als mich auch dorthin zu legen, neben Sie, die Reste der Abendsonne im Gesicht. Aber ich ahnte, dass zumindest einer von uns in Bewegung bleiben musste, und ich ahnte auch, wer von uns beiden das war.

Sie sind der Verletzte, nicht ich, das weiß ich, Herr Willis, darüber bin ich mir voll und ganz im Klaren, aber auch eine Schusswunde kann man überstrapazieren. Ich habe Sie aus der Bank herausgeholt. Ich habe Ihnen einen angemessenen Vorsprung verschafft. Ich habe sogar Beeren gepflückt, obwohl noch längst keine Beerenzeit ist, und versucht, ein Lagerfeuer zu machen. Es war nicht meine Schuld, dass Sie auch kein Feuerzeug dabei hatten. Es war nicht meine Idee, dass Sie ausgerechnet jetzt mal wieder versuchen, mit dem Rauchen aufzuhören. Und Sie können ganz bestimmt mit zwei Stöcken ein Feuer anzünden, wahrscheinlich sogar mit einem, ich aber verlor nach einer Viertelstunde die Lust, es zu probieren, und Sie wollten mir ja nicht helfen, Sie wollen ja einfach weiter neben den aufgetürmten Ästen und Zweigen liegen bleiben und vorwurfsvoll frieren.

Auch unsere Gespräche bleiben schleppend. »Ob sie wohl noch hinter uns her sind?«, frage ich.

»Halt die Klappe«, sagt Ihr an den Körper gepresster Arm.

»Wie geht es Ihrem Bein?«, frage ich.

»Halt die Klappe«, sagt Ihr sich hin und her schiebender Unterkiefer.

»Mir ist kalt«, sage ich.

»Uns auch«, sagen Ihre hochgezogenen Schultern.

Manchmal knackt es im Gehölz, und dann bin es immer nur ich, der zusammenzuckt, der seinen Kopf in die Höhe reckt wie ein Hirsch, ein Reh, irgendein alarmiertes Wild, Sie scheint das nicht zu interessieren. Es interessiert Sie auch nicht, als ich unsere Wachschichten für die Nacht verteile. Ich weiß, es war ein langer Tag. Ich weiß, Schusswunde. Aber auch ich brauche ein wenig Schlaf, weiches Moos unterm Kopf und genug Steine und Zweige im Rücken, um mich daran zu erinnern, dass auch dies hier noch längst kein glückliches Ende ist.

Ich werde nun schlafen, Herr Willis. Wecken Sie mich, wenn ich mit der Wache an der Reihe bin.

Ihr

Tilman Rammstedt

PS: Mein Verlag hat mir mittlerweile den Umschlagentwurf für unseren Roman geschickt. Ich hänge ihn an diese Mail an. Wenn Sie Verbesserungsvorschläge haben, lassen Sie es mich bitte schnell wissen, wenn möglich bis morgen. Nur an der Katze ist angeblich nichts mehr zu ändern. Bücher ohne Katze auf dem Umschlag würden sich einfach nicht mehr verkaufen, behauptet mein Verlag. Es wäre also gut, wenn wir noch irgendwie eine Katze in die Geschichte einbauen könnten. Sie sind doch nicht allergisch, oder?

Ob er eigentlich Kinder habe, fragte ich meinen ehemaligen Bankberater, und er schüttelte den Kopf. Manchmal wache er morgens auf und sei sich ganz sicher, welche zu haben, da könne er sich sogar verschwommen an Namen und Frisuren erinnern, aber spätestens am Nachmittag sei all das wieder verschwunden. »Manchmal bleiben die Frisuren etwas länger«, sagte er, »allerdings nie bis zum Abendbrot.«

Sehr geehrter Herr Willis,

Sie müssen nicht weiter Wache halten. Ich kann ohnehin nicht schlafen. Es ist zu kalt, da ist zu viel Adrenalin im Blut, da sind all die Geräusche, die mich ständig aufschrecken lassen. Und ehrlich gesagt, Herr Willis, traue ich Ihnen nicht recht. Reglos kauern Sie am verhinderten Lagerfeuer. Vielleicht schlafen Sie, vielleicht warten Sie auch nur darauf, dass es endlich vorbei ist, dass wir eingeholt werden, aufgespürt werden und uns unser Scheitern nicht länger ausmalen müssen.

Sie können natürlich machen, was Sie wollen, Herr Willis. Sie sind ein erwachsener Mann, und auch dies ist ein freies Land. Doch vergessen Sie bitte nicht, dass Sie hier nicht allein sind. Das sind Sie vielleicht nicht gewohnt, das ist eine neue Situation für Sie, aber ich stecke nun zweifellos in der ganzen Sache mit drin, und ich habe nicht die geringste Lust darauf, jetzt geschnappt zu werden. Das ist einfach nicht das, was ich unter einem glücklichen Ende verstehe. Wenn Ihnen also alles egal ist: Schön für Sie. Mir ist es das nicht. Und das haben Sie verdammt noch mal zu respektieren.

Ich bin nicht besonders gut auf Sie zu sprechen, als ich mich neben Sie an den Holzhaufen setze. Dass Sie sich jetzt ruhig hinlegen können, sage ich so kurz angebunden wie möglich, ich würde für den Rest der Nacht die Wache übernehmen. Sie blinzeln kurz, und das ist mehr Reaktion, als ich erwartet hatte. Mein um Ihr Bein gewickelter Hemdärmel ist dunkler geworden, die Wunde hat sich wieder geöffnet. Sie wehren sich nicht, als ich vorsichtig den vollgesogenen Stoff entferne, und wir betrachten das erbsengroße schwarze Loch, das uns wie das Auge eines argwöhnischen Tieres aus der rot verschmierten Haut anfunkelt. »Das sieht nicht gut aus«, sagen Ihre Stirnfalten. »Nur ein Kratzer«, sage ich, reiße mit Fingern und Zähnen den anderen Ärmel meines Hemdes ab und binde ihn fest um Ihren Oberschenkel. Die Birkenblätter lasse ich diesmal weg.

Sie sind blass, Herr Willis. Ihre Zähne klappern, die violetten Ränder unter Ihren Augen könnten viel erzählen, verzichten aber darauf. So teilnahmslos und fremd sitzen Sie da, als ob der Wald einfach um Sie herum gewachsen wäre, als ob Sie eine Ruine wären, die es kaum erwarten kann, überwuchert zu werden. Und auf einmal tut es mir sehr leid, Sie hierhergebracht zu haben. Es kommt mir eigensinnig vor, naiv und vermessen. Ich würde Sie gern in den Arm nehmen, Sie wärmen, trösten, aber ganz gleich, wie wenig Sie noch mit sich gemeinsam haben, Bruce Willis nimmt man nicht einfach in den Arm, also stochere ich mit einem dünnen Zweig in den gestapelten Ästen herum, als gäbe es eine Glut, die man dort retten könnte, und versuche ein ablenkendes Gesprächsthema zu finden.

»Wie viel Geld haben wir eigentlich?«, frage ich, und es tut gut, »wir« zu sagen. Sie ziehen das erbeutete Bündel Scheine aus Ihrer Hosentasche und reichen es mir, ein paar fallen auf die Erde, das scheint Sie nicht zu stören, also stört es mich auch nicht.

»Ungefähr sechstausendeinhundert«, sage ich, als ich mit dem Zählen fertig bin. Die Zahl passt nicht. Sie passt nicht in diesen Wald, Sie passt nicht in diese Nacht, sie passt nicht zu Ihrer Schusswunde. Ich hatte mir eine größere Zahl vorgestellt, eine glamourösere. Ich hatte gehofft, dass sie mehr nach Zukunft klingt. »Das reicht doch nie und nimmer«, sage ich und halte Ihnen die Scheine vorwurfsvoll entgegen. Sie stopfen sie zurück in Ihre Hosentasche, wieder fallen dabei ein paar heraus, und vielleicht macht das tatsächlich keinen Unterschied. Die Zukunft ist schließlich das kleinste unserer Probleme. Sie lächeln müde, Ihr Schulterzucken sagt: »Kommt darauf an, wofür«, und ich überlege noch, ob es damit recht hat, als wir die Hunde hören.

Sagen Sie mir, wenn ich mich täusche, Herr Willis, aber Sie scheinen tatsächlich erleichtert zu sein. Sie schließen die Augen und atmen laut durch den Mund aus. Es fällt mir schwer, Sie hochzuzerren, und vielleicht liegt das auch daran, dass ich ebenfalls nicht schon wieder fliehen will. Ich will hier sitzen bleiben und mich bis zum Morgen mit Ihren Körperteilen unterhalten, und dann würde man in Ruhe weitersehen, aber nun müssen wir sofort weitersehen, und genau das ist so gut wie unmöglich, weil es stockfinster ist, als ich Sie durch den Wald schleppe. Überall Äste am Kopf und Zweige im Gesicht, die Füße im Gestrüpp und hinter uns das Knacken, das Bellen, das Lauterwerden. Ich laufe ein paarmal um einen Baum herum, um die Hunde zu verwirren, aber Ihr genervtes Seufzen sagt mir, dass ich mich damit vor den Hunden nur lächerlich mache, und dann hat sich das mit dem Herumlaufen ohnehin erledigt. Die Füße sinken ein, es schmatzt, alles voller Schilf, voller Mücken. Ich versuche, Sie wieder auf festen Boden zu zerren, aber den scheint es nicht mehr zu geben. Sie verheddern sich in einer Schlingpflanze, straucheln, reißen mich mit.

Wir liegen im Morast, die Beine verdreht, Mücken in der Nase, Mücken im Mund, im Ohr und das Bellen ganz nah, das Hecheln, und auf einmal ist der Hund direkt vor uns und scheint davon genauso überrascht zu sein wie wir. Er bleibt verdutzt stehen, fasst sich aber bedauerlich schnell wieder, sein Blick springt hektisch zwischen Ihnen und mir hin und her, als müsste er tatsächlich überlegen, wer wohl der würdigere Gegner sei. Dann hat er sich entschieden, stemmt seine Vorderpfoten gegen Ihre Brust und bellt Ihnen übertrieben laut ins Gesicht. Da sind Zähne, da ist Speichel, da ist schlechter Atem. »Verdammte Scheiße«, sagen Ihre aufgerissenen Augen. »Verdammte Scheiße«, sagt Ihr angehaltener Atem. »Verdammte Scheiße«, sage ich, auch wenn Sie das unter all dem Gebell nicht hören können, doch Sie wissen es ja selbst.

Ja, verdammte Scheiße, Herr Willis. Das ist es also, Herr Willis. Das ist also das glückliche Ende. Hier im Morast zwischen Mücken und Kläffen und ungefähr sechstausendeinhundert verdammten Euro, und natürlich kann ich Ihnen keine Vorwürfe machen. Aber wissen Sie was, Herr Willis? Ich mache sie Ihnen trotzdem. Ich überschütte Sie mit Vorwürfen, ich beschimpfe Sie und verfluche Sie. Ich schlage auf Sie ein, brülle Ihnen ins Gesicht, bis der Hund mich dankbar anschaut, weil er sich nun kurz einmal ausruhen darf. Was für eine schwache Vorstellung Sie da abgeliefert hätten, brülle ich. Was für ein beschissener Jammerlappen Sie seien, was für ein weinerliches Abziehbild Ihrer selbst. Meine Fäuste prasseln auf Sie ein, und warum wehren Sie sich denn nicht, Herr

Willis? Warum schauen Sie mich so verständnisvoll an? Sie sollen kein Verständnis für mich haben. Ich kann kein Verständnis mehr ertragen (von meinem Verlag, von allen möglichen Sachbearbeitern, von mir selbst). Sie sollen verdammt noch mal irgendetwas tun, damit es nicht schon vorbei ist, damit es noch weitergehen kann, wenigstens bis zur nächsten Kreuzung. Haben Sie mich verstanden? Ob Sie mich verstanden haben, brülle ich, aber Ihr Blick sagt nichts, Ihre Stirn sagt nichts, Ihr Hals sagt nichts, Ihr Kinn sagt nichts, Ihre Schultern sagen nichts, Sie schweigen von Kopf bis Fuß, und ich höre auf zu brüllen, ich höre auf zu schlagen, ich lasse mich in den Morast sinken und würde gern darin verschwinden, aber er bedeckt nicht einmal meine Ohren.

Auf Wiedersehen, Herr Willis.

Ihr

Tilman Rammstedt

Die Märkte seien gerade sehr nervös, sagte mein ehemaliger Bankberater. Er flüsterte mir das verstohlen zu, wahrscheinlich, um sie nicht noch weiter zu beunruhigen. Für den Rest des Termins redeten wir über Balkonpflanzen, wobei er sich immer wieder unauffällig nach allen Seiten umdrehte. Er blinzelte oft. »Auch die Märkte haben es nicht leicht«, sagte er leise beim Verabschieden, und dass wir einfach alle mehr aufeinander achtgeben müssten. Er umarmte mich kurz und ungelenk und hätte sich anschließend gern die Brille gerichtet, aber er trug keine.

Sehr geehrter Herr Willis,

falls Sie sich fragen sollten, ob ich Ihnen heute schreibe, lautet die Antwort: Nein. Es ist vorbei. Und Sie sind schuld daran.

Nur damit Sie es wissen.

Gruß,

Tilman Rammstedt

Ungefähr in der Mitte des Herbstes begann mein ehemaliger Bankberater damit, sich keine große Mühe mehr mit den einzelnen Begrifflichkeiten seines Berufs zu geben. »Als mittelfristige Anlage könnte ich Ihnen ein Dingens empfehlen«, sagte er und: »Ich schätze Sie eher als Dingens ein«, und manchmal auch: »Der Vorteil von diesem Dingens ist Dingens.« Mich störte das nicht. Im Gegenteil, vieles wurde für mich so verständlicher. Nur einmal fragte ich, ob alles in Ordnung sei. Mein ehemaliger Bankberater schaute sich um, rückte ein paar Gegenstände auf seinem Schreibtisch zurecht und überprüfte den Knoten seiner Krawatte. »Das allermeiste ja«, sagte er.

Sehr geehrter Herr Willis,

heute ist es immer noch vorbei. Sie können diese Mail also getrost löschen. Sie können weiterhin das machen, was Sie halt so machen. Ich mache auch das, was ich halt so mache (nichts, nichts, nichts).

Viel Spaß dabei,
Tilman Rammstedt

Der Händedruck meines ehemaligen Bankberaters war meistens etwas zu fest und immer etwas zu lang. An manchen Tagen ließ er meine Hand den ganzen Termin über nicht los, und auf dem Heimweg fühlte sie sich sehr leer an.

Sehr geehrter Herr Willis,

Ihr
Tilman Rammstedt

»Es gibt so viele Dinge«, sagte mein ehemaliger Bankberater anerkennend, als wir gemeinsam Einkaufen waren. Erdbeermarmelade gebe es, Zahnbürsten, Geschenkpapier. Es gebe Zitronen, es gebe stilles Wasser, es gebe Glühbirnen. »Wir sind nicht allein«, sagte er, legte eine Packung Salzstangen in den Einkaufswagen, und man sah ihm an, wie gern er sich dazulegen wollte.

Sehr geehrter Herr Willis,

es darf noch nicht vorbei sein. Ich glaube nicht an dieses Ende. Dieses Ende braucht kein Mensch, und wir beide brauchen es am allerwenigsten. Ich glaube nicht daran, dass wir dort im Morast liegen bleiben, bis die anderen Hunde uns erreichen, bis die Polizisten unnötig aufgeregt mit umklammerten Pistolen auf uns einschreien, obwohl von uns doch eindeutig keine Gefahr mehr ausgeht. Von uns ging nie Gefahr aus. Nicht einmal die Mücken haben irgendwelche Opfer zu beklagen. Wir sind harmloser, als es sich gehört.

Ich will keine Handschellen, ich will keinen erniedrigenden Rückweg durch den Wald, ich will nicht das spöttische Lob der Polizisten für unser »fachkundiges Lagerfeuer«. Ich will auch nicht sagen, dass ich meinen Anwalt sprechen möchte, weil ich leider keinen Anwalt habe. Ich will nicht überlegen müssen, wen ich anrufe, wenn mir dieser berühmte eine Anruf zugestanden wird. Ich will nicht den mitleidigen Blick des Kommissars, weil mir einfach niemand einfällt, ich will nicht am Ende aus Verlegenheit meine eigene Nummer wählen und dem nutzlosen Tuten zuhören. Ich will nicht hoffen, dass vielleicht doch jemand abnimmt.

Für all das hätte ich Sie nicht gebraucht, Herr Willis.

Das hätte ich auch allein geschafft, sogar schneller. Wenn das hier das Ende ist, hätten wir uns alles auch sparen können. Wir hätten weiter in Wartezimmern sitzen können. Wir hätten weiter vor Spiegeln gestanden, weiter ferngesehen, Mails geschrieben, den Müll runtergebracht. Auf uns wäre nicht geschossen worden. Wir hätten uns nicht schmutzig gemacht, mein Hemd hätte noch alle Ärmel, und kein Hund würde uns ankläffen, stolz und überdreht, als wäre das sein erster Einsatz. Er verhält sich vorbildlich, fordert Verstärkung an, und die ist nicht mehr weit.

Er soll nicht so kläffen, Herr Willis. Ich kann nicht klar denken, wenn er so kläfft. Dass er bitte still sein soll, sage ich ihm, aber er hört nicht, also sage ich es lauter und immer lauter, dass er verdammt noch mal still sein soll, doch je lauter ich rufe, desto lauter bellt er, also fange ich auch an zu bellen. Wir bellen uns direkt ins Gesicht, Auge in Auge, Kreatur zu Kreatur, wir wissen beide, was hier auf dem Spiel steht. Der Hund knurrt mich an, und ich knurre zurück, unsere Körper sind angespannt, unsere Augen blitzen, sein Kiefer zuckt, sein Kopf stößt nach vorn, und ich beiße zu.

Ich beiße, so fest ich kann, der Hund krümmt seinen Hals, mit den Händen versuche ich, seine Schnauze zusammenzudrücken, mein Mund ist voller Haare und dann endlich ein Widerstand, endlich Haut, endlich Blut, warm und dickflüssig wie geschmolzen. Er windet sich, wirft seinen Körper umher, wir wälzen uns im Schlamm, abgeknickter Schilf bohrt sich in meine Haut, reißt sie auf. Immer mehr Blut sammelt sich in meinem Mund. Ich würde es gern ausspucken, doch das geht nicht, ohne den Biss zu lösen, und selbst wenn ich das wollte, wäre es unmöglich, so blockiert ist mein Kiefer, also schlucke ich es herunter. Es schmeckt nach Heidelbeeren und vollkommen unnatürlich, behaarte Hautfetzen bleiben mir im Hals stecken, ich muss würgen, husten, und der Hund nutzt das sofort aus, befreit seinen Kopf, und ich kann ihn nur noch in letzter Sekunde umarmen, an mich pressen, meine Schulter an seine Schnauze drücken und mit aller Kraft versuchen, mich wieder auf ihn zu legen.

Ich habe Hunde nie gemocht, Herr Willis, aber so mit ihm verschlungen, mich so Wange an Wange mit ihm durch den Morast wälzend, macht es mich auf einmal sehr traurig, ihn so unbedingt töten zu wollen. Endlich habe ich mal ein eindeutiges Bedürfnis, und dann ist es so eines. Und den Hund macht es bestimmt ebenfalls traurig, mich so unbedingt töten zu wollen. Wir haben einfach keinen günstigen Zeitpunkt gewählt, um uns kennenzulernen, und dann kommen wir ins Rollen, rutschen einen kurzen Abhang hinunter, einander umschlingend fallen wir ins Wasser, tauchen unter, ziehen uns gegenseitig in die Tiefe.

Das Wasser ist warm und ölig, um mich herum alles dunkel, nur kleine Luftblasen und schwache Andeutungen von Fell. Noch immer umklammern wir uns, der Hund und ich, sinken tiefer, und ich weiß, dass er auch nicht auf diese Weise sterben will, ich weiß, dass auch ihm all seine Probleme (Futter, Zuneigung, Älterwerden) auf einmal nichtig erscheinen. Ich weiß, dass er sich ebenfalls mit mir verbunden fühlt, wie wohltuend diese Verbundenheit auch für ihn ist, dass er mich genauso wenig loslassen möchte wie ich ihn, dass wir uns aber voneinander lösen müssen, um diese Verbundenheit zu bewahren. Dass es sich dabei bestimmt um einen sehr tröstlichen Gedanken handele, überlege ich und nehme mir vor, darüber noch einmal in Ruhe nachzudenken, wenn das hier alles vorbei ist, auch wenn ich weiß, dass er mir dann nicht mehr tröstlich erscheinen wird. Fast gleichzeitig lockern der Hund und ich unsere Umarmung, strampeln an die Oberfläche, und als wir wieder zu Atem kommen, schauen wir uns unschlüssig und etwas verschämt an.

Und dann sind Sie auf einmal da, Herr Willis. Direkt neben dem Hund und mir in einem Ruderboot. Ich habe keine Ahnung, wo Sie jetzt ein Ruderboot herhaben, es muss hier irgendwo festgemacht gewesen sein oder war ans Ufer getrieben. Es ist mir auch ganz egal, woher Sie es haben. »Beeilung«, sagt Ihr Mund. Das sagt tatsächlich Ihr Mund, das sagen tatsächlich Sie. Sie ziehen mich an Bord und schlagen mit dem Ruder in Richtung des paddelnden Hundes. »Hören Sie damit auf«, rufe ich. Sie starren mich ungläubig an, das Ruder für den nächsten Schlag über dem Kopf erhoben. »Er kommt mit«, sage ich und schaue Ihnen so bestimmt in die Augen, dass Sie Ihren Blick abwenden und das Ruder sinken lassen.

Ich helfe dem Hund ins Boot, er schüttelt sich, nickt uns kurz zu, und dann sehen wir, wie die Polizisten durchs Schilf brechen, wir blicken in den Strahl ihrer Taschenlampen, hören die anderen Hunde knurren. Wir hören, dass wir unsere Hände hoch nehmen sollen, dass das Spiel aus sei, dabei kann doch jeder sehen, dass es das noch längst nicht ist, jetzt erst recht nicht. Ich schaue Sie fragend an, Sie nicken kurz, der Hund bellt zweimal ermutigend. »Los«, rufe ich, und wir werfen uns auf den Rücken, greifen nach den Rudern und schlagen sie ins Wasser, mit aller Kraft, auch wenn das nicht mehr viel ist. Ich denke an das glückliche Ende, ich denke daran, wie erleichtert wir dort lächeln werden und wie der Hund dazu bellen wird, zweimal, als stimme er uns zu. Als Katze wäre er da noch etwas besser, dann hätten wir die auch abgchakt, doch das soll jetzt nicht unsere Sorge sein.

Wir lehnen uns so weit zurück wie möglich, pressen unsere Schultern aufs feuchte Holz, halten die Köpfe tief. Die Polizisten schreien letzte Warnungen, weil sie das wahrscheinlich müssen, dabei gibt es hier weit und breit keine Zeugen. Der Hund steht am Heck und bellt höhnisch, er springt hin und her, er gibt uns Deckung. Als die ersten Schüsse fallen, hoffe ich noch, dass die ihn lediglich einschüchtern sollen, aber schon beim dritten Knall wird sein Körper zurückgeworfen. Mühsam und wackelig richtet er sich wieder auf, schirmt uns weiter ab. Ein weiterer Schuss trifft ihn, er schwankt, fällt aber noch immer nicht. Er versucht zu bellen. Es reicht nur für ein gurgelndes Fiepen, Blut läuft aus seinem Mund, aus seiner Flanke. Wieder wird er getroffen, ich stemme meine Füße gegen ihn, damit er noch halbwegs aufrecht stehen bleibt. Er dreht seinen Kopf zu mir, sieht mich an, nicht stolz, nicht verschwörerisch, da ist nur blanke Angst, und ich rede mir ein, allein deshalb weiterrudern zu müssen, damit er sich nicht ganz umsonst geängstigt hat. Immer mehr Schüsse verfehlen jetzt ihr Ziel oder verenden vor uns im Wasser, dann hören sie ganz auf. Wir sind außer Reichweite. Erschöpft lassen wir die Ruder sinken und richten uns auf. Der Hund sackt in sich zusammen. Ich kraule seine Flanke, will ihn beruhigen, will ihn trösten, ihm danken, doch nichts dringt mehr zu ihm durch. »Er ist tot«, sage ich. Sie nicken, aber das sehe ich nicht.

Die Dämmerung bricht an. Man hört Vögel, leichte Wellen, erleichtertes Knarren von Holz. Ich kann Ihren Blick auf mir spüren, während ich weiter den Hund kraule. Ich spüre Ihre Hand, die kurz meine Schulter berührt. Ich höre, wie Sie die Ruder ins Wasser schlagen, langsam und gleichmäßig. Wir nehmen wieder Fahrt auf.

Es ist noch nicht vorbei, Herr Willis. Auch wenn ich gerade selbst nicht weiß, ob mir das gefällt. In irgendeiner Richtung liegt wohl das glückliche Ende, und ich habe nicht die geringste Ahnung, welche das sein könnte. Wissen Sie es vielleicht? Wenigstens grob? Schreiben Sie es mir?

Ihr

Tilman Rammstedt

Mein ehemaliger Bankberater kochte manchmal für mich. Er war kein besonders guter Koch, aber das hatte er auch nie behauptet. Meistens gab es Kartoffeln mit Butter und zum Nachtisch Kartoffeln ohne alles. Die Küchenuhr tickte. Der Kühlschrank fing an zu brummen und hörte wieder damit auf. Es blieben Reste.

Sehr geehrter Herr Willis,

guten Morgen. Es tut mir leid, bei Ihnen ist es noch sehr früh, aber wir haben wenig Zeit. Wir müssen hier weg. Wir können nicht ewig in der Mitte des Sees treiben, auch wenn mir das genauso verlockend erscheint wie Ihnen und ich mir gerade einrede, das hier sei doch auch schon ein ziemlich glückliches Ende. Der Morgen ist ziemlich schön und die Luft ziemlich klar. Wenn man nicht allzu genau hinschaut, ist der Hund vielleicht nur ziemlich müde, und wenn man noch ungenauer schaut, sind wir beide nur ziemlich verloren. Aber ein ziemlich glückliches Ende reicht leider nicht. Ein ziemlich glückliches Ende erinnert einen immer nur daran, was alles fehlt, um an einem richtig glücklichen Ende zu sein, und dann ist es im Handumdrehen ein ziemlich unglückliches Ende, also fast schon ein richtig unglückliches Ende, zumindest wenn man ganz genau hinschaut.

Deshalb schüttele ich Sie so energisch, Herr Willis. Sie müssen sofort aufwachen. Ich brauche Sie bei klarem Verstand. Ihre Augen öffnen sich aber immer nur für einen winzigen Moment, dann fallen sie wieder zu. Ihr Kopf kippt nach vorn, Ihre Schultern sacken ein. Ich sage es ungern, Herr Willis, aber Sie sehen nicht gut aus. Sie sehen sogar ausgesprochen schlecht aus, da kann man so ungenau schauen, wie man will, und Ihr Bein rechne ich da noch gar nicht mit ein. Das muss warten, fast alles muss noch warten, nur noch ein wenig, bis wir uns in Sicherheit befinden.

Immer wieder schaue ich mich um, die Polizisten sind nirgendwo zu sehen. Das heißt leider nichts, denn natürlich sind sie nicht einfach verschwunden, natürlich haben sie Verstärkung angefordert, Taucher, Boote, vielleicht sogar einen Hubschrauber. So etwas steht denen doch alles zur Verfügung, das will doch auch mal zum Einsatz gebracht werden, und so eine Gelegenheit wie wir kommt nicht alle Tage.

Ich schüttele Sie weiter, spritze Ihnen Seewasser ins Gesicht, gebe Ihnen ein paar Ohrfeigen. »Aufwachen«, rufe ich. Jetzt sei keine Zeit zum Schlafen. Sie fahren sich mit der Zunge über die Lippen. Dass Sie Durst haben, krächzen Sie wahrscheinlich, genau kann ich das nicht verstehen. Kurz heben Sie den Kopf, lassen ihn wieder sinken, er ist viel zu schwer. Mit einer Hand stütze ich ihn, mit der anderen flöße ich Ihnen ein wenig Seewasser ein. Es ist nicht besonders sauber, aber darauf kommt es jetzt hoffentlich nicht auch noch an. Unter Ihren geschlossenen Lidern bewegen sich die Augen. Offensichtlich träumen Sie, und ich beneide sie darum.

Wind kommt auf. Zu meiner Linken liegt der tote Hund, zu meiner Rechten Sie, zweifellos lebendig, wenn ich auch nicht weiß, wie sehr. Der Himmel hat sich bedeckt, ist jetzt genauso dunkelgrau wie der See, und wenn ich nur diesen Moment wahrnehmen könnte, nur dieses Bild im Hier und Jetzt, wäre es sehr, sehr friedlich.

In Ordnung, Herr Willis, fünf Minuten noch, keine Sekunde länger. Nur damit wir ein paar Kräfte sammeln können. Und zumindest die fünf Minuten lang will ich jetzt bitte ebenfalls träumen. Ich will die Augen schließen und exakt das Gleiche träumen wie Sie. Vielleicht sind wir im Traum auch hier, auf genau diesem See, in genau diesem Boot, genau dieser Morgendämmerung. Vielleicht sind wir zum Angeln rausgefahren, vielleicht angeln wir im Traum jeden zweiten Samstag. Vielleicht geben wir uns große Mühe, nichts zu fangen, weil das nur die Ruhe stören würde. Die Ruhe wäre uns in unserem Traum sehr wichtig.

Ihr

Tilman Rammstedt

Dass ich unbedingt auch einmal seinen Bruder kennenlernen müsse, sagte mein ehemaliger Bankberater, an den würde ich ihn nämlich sehr erinnern. Dann suchte er in seiner Brieftasche lange nach einem Foto von ihm, fand aber keines und zeigte mir stattdessen einen entwerteten Fahrausweis, den der Bruder bei seinem letzten Besuch angeblich benutzt hatte. »Als ersten Eindruck«, sagte er.

Sehr geehrter Herr Willis,

es gelingt einfach nicht, ich kann nicht träumen. Ich kann noch nicht einmal die Augen geschlossen halten. Ich kann mich nicht einfach so der Realität verweigern wie Sie, die ist viel zu aufdringlich, die fragt ständig, wie ich vorankomme, die schreibt ständig letzte Mahnungen, mit der muss man ständig einen neuen Termin vereinbaren, die übernachtet ständig bei ihrer Schwester, die bleibt einfach nicht stehen, so laut man auch ruft.

Und Sie müssen auch schleunigst mal anfangen, die Tatsachen zu akzeptieren, Herr Willis. Sie müssen dem Hier und Jetzt ins Auge sehen. Hier ist der See, hier sind die Wellen, hier ist Ihr rasselnder Atem, hier sind unsere zerkratzten Arme, unsere aufgerissenen Lippen, hier ist unser unendlicher Durst. Wir müssen uns diesem Hier und Jetzt stellen, wir müssen aufpassen, wir müssen hellwach sein, vorausschauend sein, sonst ist das nächste Hier und Jetzt aller Wahrscheinlichkeit nach ein sehr enges Hier und ein sehr langes Jetzt. Fürs Träumen steht einfach zu viel auf dem Spiel.

Also kommen Sie endlich zu sich. Verlassen Sie sich bloß nicht darauf, dass ich schon alles regeln werde. Denken Sie etwa, ich sei gern hier? Denken Sie, ich hätte nichts Besseres zu tun, als uns vor dem Unglück zu bewahren? Da fallen mir haufenweise Dinge ein, die ich lieber täte, haufenweise. Und selbst wenn nicht: Halten Sie es für besonders fair, dass ich mich hier als Einziger mit der Realität auseinandersetze? Ausgerechnet ich? Eigentlich sollte ich überhaupt nicht hier sein. Ich hatte nicht geplant, mich so auszuliefern. Ich hatte gedacht, Sie kommen allein aus der Bank heraus, mit irgendeiner Ihrer filmreifen Ideen, und ein paar Wochen später fände ich dann eine Postkarte von Ihnen im Briefkasten, aus Portugal, aus der Karibik, meinetwegen auch aus Hollywood, die mir zeigt, dass alles gut ausgegangen ist. »Kommen Sie mich doch bald mal hier besuchen«, steht da, und ich lächele, zu Hause am Schreibtisch, im Warmen, in Sicherheit, und spiele kurz mit dem Gedanken, Sie wirklich bald zu besuchen in Ihrem neuen Leben. Aber natürlich werde ich das nicht tun. Und nicht nur, weil sich alte und neue Leben selten gut verstehen, sondern weil ich gern da bleibe, wo ich dann bin, weil ich nichts weniger brauche als eine Luftveränderung.

Und jetzt sitze ich nicht am Schreibtisch, sondern hier mit Ihnen in diesem Boot. Mein altes Leben habe ich vollkommen aus den Augen verloren, und ein neues ist noch längst nicht in Sicht. Das hat noch nicht angefangen. Anfangen kann es schließlich erst, wenn das hier vorbei ist.

Also los, Herr Willis. Bringen Sie es zu Ende, so glücklich wie möglich.

Ihr
Tilman Rammstedt

Mein ehemaliger Bankberater geriet manchmal ins Grübeln. »Vielleicht ist auch alles ganz anders«, sagte er und schaute dabei knapp an mir vorbei. »Wahrscheinlich aber nicht«, sagte er dann, und ich ärgerte mich darüber, dass mich das enttäuschte.

Sehr geehrter Herr Willis,

hören Sie mir überhaupt zu? Für Sie ist das hier vielleicht nur eine Rolle, reine Routine, eine dieser austauschbaren Missionen, bei denen Sie längst aufgehört haben, sich Sorgen zu machen, weil bei Ihnen ja ohnehin immer alles glücklich endet, jede Welt, mit der Sie bislang zu tun hatten, war am Schluss gerettet. Vielleicht sind Sie gar nicht erschöpft, sondern schlichtweg gelangweilt, denn Sie werden ja sowieso mal wieder alles im Griff haben, früher oder später. Ich wäre dann sehr für früher, ich wäre dann sehr für jetzt.

Im Gegensatz zu Ihnen mache ich mir nämlich Sorgen. Große Sorgen. Ich habe nicht besonders viel im Griff, genauer gesagt gar nichts, in keiner der Welten, mit denen ich zu tun habe. Und dann will ich zumindest diese Geschichte hier in guten Händen wissen, dann will ich, wenn sich sonst schon alles weigert, von mir gerettet zu werden (Liebe, Körper, Beruf), zumindest meinen Bankberater in Sicherheit wissen, dann will ich zumindest hier ein glückliches Ende.

Lassen Sie sich also nicht so hängen. Das ist ja furchtbar. Stellen Sie sich bitte nicht so an. Ich sage es Ihnen noch einmal im Guten. Glauben Sie mir, ich kann hier jederzeit Hubschrauber anfliegen lassen. Das geht ganz leicht. Ich kann Kampftaucher schicken, Killerwelse, sogar Krokodile, auch für die gäbe es irgendeine Erklärung, die könnten ja aus dem Zoo geflohen sein und wären verdammt hungrig. Ich kann ein Unwetter heraufbeschwören, ich kann Blitze, ich kann wild herumfliegende Äste. Da sind mir nicht die Hände gebunden.

An Ihrer Stelle würde ich jetzt sofort die Augen aufmachen. An Ihrer Stelle würde ich auf der Stelle zu Bruce Willis werden, Herr Willis. Das ist doch nicht Ihre erste entzündete Schusswunde, das ist doch nicht Ihre erste Flucht. Herrgottnochmal. Denn eines verspreche ich Ihnen: Wenn Sie sich dem glücklichen Ende verweigern, wenn Sie hier weiter nur rumjammern, werde ich alles in meiner Macht Stehende dafür tun, dass es auch für

Sie unglücklich ausgeht. Also tun Sie es wenigstens für sich! Denn hören Sie das Rattern, Herr Willis? Das ist schon der Hubschrauber. Der kommt immer näher, bald wird er in Sichtweite sein, bald werden wir in Sichtweite sein, machen Sie verdammt noch mal endlich die Augen auf!

Ihr
Tilman Rammstedt

Er kenne einen erstaunlichen Kartentrick, erzählte mein ehemaliger Bankberater, nachdem wir während eines Termins wieder einmal etwas zu lange geschwiegen hatten. Dann schwieg er weiter. »Aber Sie wissen nicht, wie er geht, oder?«, fragte ich. »Nein«, sagte mein ehemaliger Bankberater. »Soll ich mir etwas über den Unterschied zwischen Kennen und Können notieren?«, fragte ich. »Nein«, sagte mein ehemaliger Bankberater.

Sehr geehrter Herr Willis,

entschuldigen Sie. Das lag bestimmt an der Müdigkeit, an der Aufregung, das lag bestimmt an all den neuen Erfahrungen in den letzten Stunden (zum ersten Mal mit einem Hund gekämpft, zum ersten Mal vor der Polizei geflohen, zum ersten Mal im Treppenhaus übernachtet). Ich hatte tatsächlich vollkommen vergessen, wer Sie sind.

Und während ich Sie noch beschimpfe und schüttele, während Ihr schlaffer Körper auf dem Boot vor- und zurückwippt, fällt mir erst wieder ein, wen ich da überhaupt schüttele. Ich lasse Sie los und muss kurz lachen. Wie konnte ich nur so blind sein? Sie sind natürlich mein Bankberater. Sie sind tatsächlich mein Bankberater. Sie sind ganz in Ihrer Rolle, und die spielen Sie verdammt gut. Ein wenig ähnlich sehen Sie ihm jetzt sogar, ich erkenne seinen immer leicht beleidigt wirkenden Mund, ich erkenne die nach vorn gezogenen Schultern. Und natürlich ist das also Ihre erste Schusswunde, natürlich ist das Ihre erste Flucht, und dafür halten Sie sich ganz hervorragend.

Der Hubschrauber muss unter diesen Bedingungen selbstverständlich wieder abdrehen, irgendein technischer Defekt, eine schlampige Wartung. Das muss erst überprüft werden, das kann noch etwas dauern, keine Sorge. Der kommt so schnell nicht wieder.

Vor lauter Erleichterung gebe ich Ihnen einen Kuss auf die Stirn, und endlich, endlich öffnen Sie die Augen.

»Herzlichen Glückwunsch«, sage ich.

Sie versuchen sich aufzurichten, was nicht einmal annähernd gelingt. Sie husten, Sie schlucken, Ihr Atem rasselt. »Habe ich Geburtstag?«, fragen Sie und erschrecken noch mehr als ich über das Krächzende Ihrer Stimme.

»Nein«, sage ich. »Oder doch«, sage ich. »Sie haben es geschafft. Sie sind raus aus der Bank. Sie sind raus aus Ihrem Leben. Wir sind auf der Flucht.« Ich sage das sehr langsam und so feierlich, dass ich selbst eine Gänsehaut bekomme, aber die ist auch angemessen. Denn auf einmal bin ich sehr stolz auf Sie. Sie sind genau da, wo Sie hingewollt haben, mitten in der Unsicherheit, mitten im Abenteuer, auf dem Weg zum glücklichen Ende. Auf einmal bin ich auch sehr stolz auf mich, weil ich Sie hierhergebracht habe. Ich bin stolz auf das Hier und Jetzt mit seinem morschen Boot und seiner Schusswunde und seinem toten Hund und seinen etwa sechstausendeinhundert verknitterten Euro. Dass uns nichts passieren kann, denke ich, dass wir vollkommen außer Gefahr sind, weil nichts sicher ist, außer, dass es kein Zurück mehr gibt. Jetzt geht es nur noch darum weiterzumachen, einfach weiterzumachen, und Sie seufzen, Ihre Augen fallen wieder zu, Ihre Brust hebt sich schnell und senkt sich langsam. Sie bewegen die Lippen, jedes Wort fällt Ihnen schwer, so schwer, dass ich kaum verstehe, was Sie da sagen, so schwer, dass ich es falsch verstehe, ganz sicher verstehe ich es falsch, Herr Willis, denn Sie sagen: »Ich will nach Hause.«

Bestimmt träumen Sie noch halb. Sie sind erschöpft, Sie sind verwirrt und bringen deshalb alles durcheinander. Das ist nur verständlich. Ich streiche beruhigend über Ihren Arm. »Sie wollen nicht nach Hause«, erkläre ich Ihnen. »Im Gegenteil. Sie wollen endlich raus in die Welt, Sie wollen ins Abenteuer.« Und Sie sagen etwas, das so ähnlich wie »Nein« klingt, und da muss ich mich schon wieder täuschen, da müssen Sie sich schon wieder täuschen, das steht völlig außer Frage.

Erneut versuchen Sie sich aufzurichten, aber dafür ist es einfach noch zu früh. Sie dürfen sich jetzt nicht übernehmen, Sie müssen erst wieder zu sich kommen. Sanft drücke ich Sie an den Schultern zurück auf die Bootsplanken. »So ist gut«, sage ich beschwichtigend, und dass Sie sich jetzt noch ein wenig schonen sollten, dann werde man weitersehen. Ich fange an, Ihnen leise etwas vorzusummen, und Sie wehren sich, das ist ganz normal in Ihrem Zustand. Es ist ganz normal, dass Sie etwas wirr reden, immer wieder sagen Sie, dass Sie nach Hause wollen, und ich sage, dass es ganz normal sei, das zu wollen, aber leider vollkommen unmöglich. »Ihr altes Leben ist vorbei«, sage ich, das hätten Sie endlich hinter sich gelassen. Ich streiche Ihnen dabei unablässig über die Stirn, die Wange, Ihre überraschend weichen Bartstoppeln. »Sie sind jetzt nicht mehr mein Bankberater«, sage ich. »Sondern mein ehemaliger Bankberater«, und sobald Sie wieder aufwachten, würden Sie das auch einsehen.

Und auf einmal sind Ihre Augen weit aufgerissen. Sie schlagen meine Hände weg und richten sich auf. »Ich bin wach«, sagen Sie. »Ich bin vollkommen wach.« Ihre Stimme ist unpassend kräftig, Ihre Augen funkeln. »Hören Sie auf, so einen Blödsinn zu reden«, sagen Sie, und ich sage, das sei kein Blödsinn. »Sie sind mein ehemaliger Bankberater«, sage ich, das hätte ich Ihnen doch eben erklärt, und Sie raten mir, Ihnen nicht vorzuschreiben, wer Sie seien, das wüssten Sie ja wohl selbst noch am besten. »Und ich weiß auch«, sagen Sie, »dass ich jetzt auf der Stelle nach Hause will.« Sie sagen es leider sehr klar, sehr deutlich, und es klingt so endgültig, wie ein Ende überhaupt gültig sein kann.

Ich schaue Sie an und schaue schnell wieder weg, auf die Wellen, auf den Wald, auf das ganze beschissene Hier und Jetzt. Das kann doch nicht Ihr Ernst sein. Das kann doch beim besten Willen nicht Ihr Ernst sein. Nicht nach all dem, was wir jetzt schon hinter uns haben. Herr Willis, schreiben Sie mir bitte sofort, dass es nicht Ihr Ernst ist.

Ihr

Tilman Rammstedt

Heute sei Dienstag, sagte mein ehemaliger Bankberater an einem Dienstag, ohne dass ich ihn danach gefragt hatte. »Morgen ist Mittwoch«, fuhr er fort, und dann Donnerstag, Freitag, Samstag, das ganze andere Zeug. »Und wenn man gerade denkt, das gehe immer so weiter«, sagte er und hob dabei tatsächlich seinen Zeigefinger, »fängt alles wieder von vorn an.« Er schüttelte ungläubig den Kopf. »Wo waren wir stehen geblieben?«, fragte er dann, doch das wusste ich auch nicht.

Sehr geehrter Herr Willis,

schreiben Sie: »Das ist nicht mein Ernst.«

Sie können den Text von mir aus kopieren und in Ihre Antwortmail einfügen. Aber schreiben Sie das gefälligst, sonst kann ich für nichts mehr garantieren.

Ihr

Tilman Rammstedt

Mein ehemaliger Bankberater behauptete oft, Grün stehe ihm gut. »Das macht einfach mehr aus meinem Typ«, sagte er, auch wenn ihm das, wie er mir eines Nachts anvertraute, manchmal gar nicht unbedingt ratsam schien.

Sehr geehrter Herr Willis,

ich beuge mich über Sie und zerre Sie am Kragen hoch. Das Boot schwankt bedrohlich, aber das soll es ruhig. Von mir aus kann es kentern, von mir aus können wir in den See fallen, weil Sie hier dann endlich mal mit anpacken müssten oder halt ertrinken, das wäre ganz allein Ihre Entscheidung.

Sie leisten keinen Widerstand, lächeln nur unbestimmt an mir vorbei, als ob Sie schon gar nicht mehr hier wären. »Sagen Sie: Das ist nicht mein Ernst«, schreie ich Ihnen immer wieder ins Gesicht, so häufig, dass Sie überhaupt keine Chance hätten zu antworten, doch das wollen Sie anscheinend ohnehin nicht.

Ich sehe die grauen Bartstoppeln, ich sehe die Poren Ihrer Haut, Falten, kleine Leberflecke, aber dahinter sehe ich nichts. »Sagen Sie, dass Sie mein Bankberater sind«, schreie ich. Ich habe das dringende Bedürfnis, irgendetwas mit Ihnen zu machen, Sie zu schlagen oder zu beißen oder zu würgen oder zu küssen, Sie aus der Reserve zu locken, aber bevor ich mich für eines davon entscheiden kann, sagen Sie: »Lassen Sie mich los«, mit dieser leisen, entschiedene Stimme, die nie ihre Wirkung verfehlt.

Sie richten Ihren Kragen. Ob ich den Verstand verloren hätte, fragen Sie. Selbstverständlich seien Sie nicht mein Bankberater. Wie ich denn auf so etwas käme. Ich solle aufhören, ständig von diesem Bankberater anzufangen, den Sie nicht kennen würden, den Sie nicht kennen möchten, den ich mir doch schließlich nur ausgedacht hätte. »Fangen Sie endlich mal an, zwischen Fantasie und Wirklichkeit zu unterscheiden«, sagen Sie. Und ich frage, zu was von beidem Sie denn Ihrer Meinung nach gehörten, und das hätte ich besser nicht gefragt, denn sofort halten Sie mich im Schwitzkasten. »Sehe ich etwa ausgedacht aus?«, fragen Sie. »Sieht die hier etwa ausgedacht aus?«, fragen Sie und halten mir Ihre Faust vor die Augen, bevor Sie mir mit mehr Kraft, als ich Ihnen noch zugetraut habe, in den Magen schlagen. Ob sich das ausgedacht anfühlen würde, fragen Sie, und das tut es eindeutig nicht.

Als ich meinen Atem wiederfinde, haben Sie sich wieder auf den Rücken gelegt. Ich lege mich neben Sie, Kopf an Kopf im Bug des schaukelnden Bootes. Wir schauen in den Himmel, in dem es nichts zu sehen gibt. »Geht es?«, fragen Sie, und ich sage: »Ja«, auch wenn ich nicht weiß, was genau Sie meinen und was davon tatsächlich geht. »Gut«, sagen Sie, und dann schweigen wir.

Einen kurzen Moment lang denke ich, dass wir nun wieder Freunde sind, Herr Willis. Oder zumindest Partner, Schicksalsgemeinschaft, was auch immer, zumindest irgendetwas, das uns zusammenhält, aber dann räuspern Sie sich und sagen: »Darf ich nun bitte endlich nach Hause?« Es klingt ruhig, fast entschuldigend, und es ist zweifellos Ihr Ernst.

Ich bin enttäuscht, Herr Willis. Menschlich und schauspielerisch. Ihr Verhalten ist undankbar. Vor ein paar Wochen haben Sie noch halb benommen in Unterhosen Nachmittagsfernsehen geschaut, und nun sitzen Sie hier mitten in der Natur, Sie spüren das Leben, Sie spüren den Körper. Und das Beste ist: Es ist noch nicht einmal Ihr Leben und noch nicht einmal Ihr Körper. Sie könnten das auch als Abenteuerurlaub von sich selbst ansehen. Aber kaum, dass es etwas schwieriger wird, wollen Sie zurück nach Hause zu Ihren viel zu naturfaserigen Bettlaken und Ihrer viel zu großen Espressomaschine, die Sie nicht verstehen und die Sie nicht versteht. Zurück zu Ihrem unterwürfigen Therapeuten, der Ihnen erzählen wird, wie gut und wichtig es war, dass Sie so entschieden für Ihre Bedürfnisse eingetreten sind. Aber Sie wissen doch gar nicht, was Ihre Bedürfnisse sind, Herr Willis. Wir sind doch auch hier, um das herauszufinden. Und deshalb sage ich: »Nein.« Ich sage: »Sie dürfen noch nicht nach Hause.« Ich sage, das komme überhaupt nicht infrage, und höre Ihr gleichmäßiges Atmen neben mir, das mir nichts darüber verrät, ob Sie meine Antwort akzeptieren oder ob sie Ihnen mittlerweile einfach nur gleichgültig ist. Warum kann ich Sie immer noch so schlecht einschätzen, Herr Willis?

Ihr

Tilman Rammstedt

PS: Nur nebenbei: Als Erscheinungstermin des Buches ist nun übrigens Mitte Oktober ausgemacht. Das ist nicht mehr lange hin, und spätestens dann werden Sie ja ohnehin wieder zu Hause sein. Es sei denn, Sie wollen mit mir auf Lesereise gehen. Wenn ja, sagen Sie es bitte schnell, dann gebe ich das so an den Verlag weiter.

Mein ehemaliger Bankberater verstand mich meistens. »Das verstehe ich«, sagte er, als ich mir das mit dem Festgeld noch einmal durch den Kopf gehen lassen wollte. »Das verstehe ich«, sagte er, als ich einen Termin wegen Krankheit verschieben musste. »Das verstehe ich«, sagte er, als ich sagte, dass es heute zum Glück etwas kühler sei. Er schaute mich dabei eindringlich an, als befürchtete er, ich könnte ihm sein Verständnis womöglich nicht glauben, dabei glaubte ich ihm immer. Das meiste war schließlich einfach und der Rest nicht sehr schwer.

Sehr geehrter Herr Willis,

ein paar Sekunden lang liegen wir einfach schweigend nebeneinander auf dem Boot. Von oben sieht das bestimmt sehr einträchtig aus, aber leider sind wir nicht oben, leider sind wir hier unten, mittendrin, und da hat man keine gute Sicht auf sich.

Ich habe meine Frage schon fast vergessen, als Sie verächtlich durch die Nase ausatmen. »Warum Sie mich nicht einschätzen können?«, fragen Sie, ob ich das wirklich wissen wolle. Ich nicke. »Weil es Sie nicht im Geringsten interessiert«, sagen Sie. »Weil ich Sie nicht im Geringsten interessiere«, sagen Sie. Sie drehen sich zu mir um, stützen sich auf Ihren Ellenbogen. Ich hätte nicht die leiseste

Ahnung von Ihnen, sagen Sie. Alles Mögliche würde ich über Sie behaupten, ohne Sie im Geringsten zu kennen. »Es – geht – mir – gut.« Sie betonen jedes einzelne Wort, als müsste ich diesen Satz gleich fehlerfrei wiederholen. »Oder es ging mir zumindest gut, bis Sie anfingen, mir zu schreiben.« Sie sagen, dass Sie nicht das leiseste Bedürfnis nach einem Abenteuer gehabt hätten. Nichts hätten Sie weniger gewollt als eine Schusswunde, wer zum Henker wolle schon eine Schusswunde. »Nur meine Ruhe wollte ich«, sagen Sie und schauen mich dabei mehr flehend als vorwurfsvoll an.

Gern würde ich etwas erwidern. Dass man manchmal gar nicht merkt, wie schlecht es einem geht, weil man sich längst in seinem Unglück eingerichtet hat, zum Beispiel, doch Sie lassen mich nicht zu Wort kommen. »Wem es aber anscheinend alles andere als gut geht, das sind Sie.« Sie wüssten nicht, was ich hier auf Sie projizieren würde. Sie wüssten nicht, was Sie an meiner Stelle hier erleben oder durchmachen oder erkennen sollten. Sie hätten keine Ahnung von meinem glücklichen Ende. Sie wüssten nur eines, sagen Sie und machen dabei eine kleine dramatische Pause, die können Sie nicht verhindern, die kommt automatisch, gelernt ist gelernt. Nämlich, sagen Sie, dass Sie mit alldem nichts zu tun haben möchten.

Ob ich das verstanden hätte, fragen Sie, und ich sage: »Nein.« Ich sage, dass Sie es sind, der anscheinend alles falsch versteht, denn es gehe hier doch nicht um mich, und Sie lachen auf. »Um wen denn sonst?«, rufen Sie, immer, immer gehe es hier nur um mich. Ich könne mir ja gar nichts anderes vorstellen. Sie deuten mit der Hand wild in der Gegend herum. »Der Wald, das sind Sie. Das

Boot, das sind Sie. Die Wolken sind Sie. Der tote Hund sind Sie. Und ich«, sagen Sie und klopfen sich dabei auf die Brust, »bin auch Sie.« Und ehrlich gesagt seien Sie das nicht besonders gern. Das solle ich jetzt nicht allzu persönlich nehmen, es sei halt einfach so, und dabei wenden Sie sich ab und schauen auf den See hinaus, auch wenn Sie sich nach Ihrer Logik damit wieder mir zuwenden würden, da gibt es kein Entkommen.

Es ist jetzt anscheinend an mir, etwas zu erwidern, also sage ich: »Unsinn.« Ich sage, dass Sie jetzt bitte nichts durcheinanderbringen sollen, Sie seien mein Bankberater und nur darauf hätten Sie sich zu konzentrieren. Sie drehen sich wieder zu mir, Ihre Nase stößt fast an meine. »Wenn Sie noch einmal mit diesem Bankberater anfangen«, sagen Sie, »bringe ich Sie um.« Sie schwören es sogar, auch wenn das kaum notwendig scheint. »Ich bin nicht Ihr Bankberater«, sagen Sie und dass Sie es nie waren und nie sein würden. »Nie im Leben«, sagen Sie, und auf überhaupt nichts müssten Sie sich konzentrieren, außer darauf, nun endlich nach Hause zu kommen.

Ehrlich gesagt hatte ich es mir einfacher mit Ihnen vorgestellt, Herr Willis. Ehrlich gesagt hatte ich etwas mehr Engagement und etwas mehr Professionalität erwartet. Ich bin es ehrlich gesagt gerade ein wenig leid mit Ihnen. Wenn Sie nicht in der Rolle bleiben, muss ich es auch nicht. »Gut«, sage ich und suche irgendetwas an meinem Hemd, das ich ordnen könnte. »Sie können gehen«, sage ich. »Sie sind gefeuert«, sage ich. Leider seien Sie eine kolossale Fehlbesetzung. Sie hätten keine Ahnung von der Figur, die Sie da spielten, Sie würden sie schlichtweg nicht verstehen. Es tut gut, so etwas zu Ihnen zu sagen. Es tut gut, zu sagen, dass es mir leidtut, dass es alles mein Fehler gewesen sei, ich hätte da wieder einmal zu großes Vertrauen gehabt. Und Sie werden sofort wieder laut. Dass ich Sie überhaupt nicht feuern könne, behaupten Sie. Ihres Wissens seien Sie nicht bei mir angestellt. Und überhaupt, was ich mir einbilden würde. »Ich habe Hamlet gespielt«, rufen Sie. »Ich habe Lear gespielt.« Jeden einzelnen verdammten Tschechowrussen hätten Sie gespielt, und ich frage, wo Sie die denn bitteschön alle gespielt hätten, ob in einem Theater oder in der Badewanne, und Sie sagen, darauf komme es überhaupt nicht an, Schauspielen sei Schauspielen, ganz gleich, auf welcher Bühne. »Wie dem auch sei«, sagen Sie. Auf jeden Fall käme nun ich an, ein Nichts, ein Möchtegern-Shakespeare, ein mickriger Katzenbuchdichter, und erzählte Ihnen was von Rollen, die Sie angeblich nicht verstehen würden. »Ich erkläre Ihnen mal was«, sagen Sie. »Sie sind es, der den Bankberater nicht versteht.« Sie seien sich sicher, dass der Bankberater zufrieden gewesen sei, dass er sogar einigermaßen glücklich gewesen sei, aber das hätte ich ja nicht zulassen können. Glückliche Menschen seien mir ja verdächtig, glückliche Menschen schienen für mich immer etwas Fundamentales zu übersehen, und deshalb würde ich ihnen so lange ihr vermeintlich übersehenes Unglück einreden, bis sie selbst daran glaubten und mitten drin im Schlamassel seien. »Seine eigene Bank überfallen – auf so einen Unsinn wäre Ihr Bankberater doch niemals von selbst gekommen«, sagen Sie, und ich frage, woher Sie das denn bitteschön wüssten, Sie würden ihn doch überhaupt nicht kennen.

Sie greifen meinen Arm, Ihre Finger bohren sich in meine Haut, Ihr Blick in meinen. »Ich habe keine Ahnung«, flüstern Sie. Sie flüstern, dass Sie das alles überhaupt nicht wissen wollen, dass es Ihnen unheimlich sei, das alles auf einmal zu wissen, dass Ihnen das Ganze hier mittlerweile mehr als unheimlich sei und Sie nun auf der Stelle verschwinden würden. Sie beginnen, Richtung Ufer zu paddeln, und ich nehme mir das andere Ruder und schlage es in die entgegengesetzte Richtung, das Boot beginnt sich im Kreis zu drehen. »Lassen Sie das«, sagen Sie, und ich sage, dass Sie das doch lassen sollen, wir sagen das jeder noch ein paarmal, und dann stehen Sie auf einmal über mir, das Ruder erhoben, Ihr Blick flackernd, die Ader auf Ihrer Stirn pocht entschlossen. »Lassen Sie mich gehen«, sagen Sie. »Bringen Sie mich nach Hause.« Ihre Stimme bebt. »Schon gut«, sage ich und hebe beschwichtigend die Arme.

Schon gut, Herr Willis.

Ihr

Tilman Rammstedt

Dass er gern mehr reisen wollen würde, erzählte mir mein ehemaliger Bankberater. Aber er wolle einfach nicht. »So sehr ich mich auch bemühe«, sagte er. Etwas später sagte er noch: »Japan, zum Beispiel«, aber da ging es vielleicht schon um etwas anderes.

Sehr geehrter Herr Willis,

ich weiß, wir haben streng genommen keinen Vertrag. Das müssen Sie jetzt gar nicht erst von Ihren Anwälten prüfen lassen. Aber glauben Sie nicht, dass es etwas noch Bindenderes als einen Vertrag gibt? Etwas, das kein Anwaltsteam der Welt in Paragrafen fassen kann? Ich habe auf Sie gezählt, Herr Willis. Nennen Sie mich naiv, aber das habe ich. Bedeutet Ihnen das gar nichts?

Ihr
Tilman Rammstedt

PS: Den Erscheinungstermin des Buches habe ich übrigens auf Mitte November verschieben lassen. Das ist nicht ideal (zu knapp vor dem Weihnachtsgeschäft, spätere Überweisung des Honorars, Verzögerung in der Lebensplanung), aber es gibt uns etwas Spielraum, und den brauchen wir, wie es aussieht.

Er sei früher ein gut aussehender Mann gewesen, behauptete mein ehemaliger Bankberater und zeigte mir zum Beweis ein Foto von John F. Kennedy. »Das sind nicht Sie«, sagte ich, das sei John F. Kennedy, und mein ehemaliger Bankberater nickte. »John F. Kennedy«, wiederholte er ein paarmal, als probierte er den Namen an und wäre erstaunt, dass er passte.

Sehr geehrter Herr Willis,

wissen Sie, was ich glaube? Ich glaube, Sie haben einfach Angst. Ja, Bruce Willis hat Angst. Sie haben Angst vor der Polizei, Sie haben Angst um Ihr Bein, aber am meisten Angst haben Sie vor dem glücklichen Ende, weil Sie erst dann merken werden, wie dringend nötig Sie es eigentlich haben, weil es erst danach etwas zu verlieren gibt. Sie wollen lieber kein Glück, weil Sie befürchten, dass all das, was Sie jetzt für Ihr Glück halten, plötzlich nichts mehr wert ist.

Das glaube ich, Herr Willis. Und Sie wissen, dass ich recht habe. Also gut, gehen Sie nach Hause. Gehen Sie zurück in Ihre gemütliche Übersichtlichkeit. Aber denken Sie bloß nicht, Sie könnten ab jetzt irgendeinen ungestört glücklichen Moment erleben. Immer wird da diese Stimme sein, die Ihnen ins Ohr flüstert, dass Sie es in Wahrheit nur mit einem minderwertigen Glücksimitat zu tun haben. Das wird meine Stimme sein, Herr Willis. Nur, dass Sie es wissen.

Ihr

Tilman Rammstedt

Bei unseren Spaziergängen wies mich mein ehemaliger Bankberater ständig auf Dinge hin. »Schauen Sie mal, eine Baustelle«, sagte er, und: »Schauen Sie mal, eine Ampel«, und: »Schauen Sie mal, ein Spatz.« Er wies mich auf Menschen hin und auf Steine und Ritzen zwischen den Steinen und auf winzige Steine, die in den Ritzen steckten. Wir kamen nie weit und mussten es zum Glück auch nicht.

Sehr geehrter Herr Willis,

oder liegt es am Geld? Ich weiß nicht genau, was Sie normalerweise für ein Gehalt bekommen. Wahrscheinlich wird mein Angebot etwas unter Ihrem üblichen Satz liegen, aber ich werde noch einmal mit meinem Verlag sprechen.

Ich melde mich dann wieder,
Tilman Rammstedt

Im Sommer schlug mein ehemaliger Bankberater vor, am Wochenende gemeinsam zu zelten. »Nicht als Bankberater und Kunde«, sagte er, »sondern von Mensch zu Mensch.« Als ich ihn am Freitag in seinem Büro abholen wollte, hatte er das Zelt schon aufgebaut. Wir aßen Kartoffelsalat. Wir schauten auf die Gitarre, die mein ehemaliger Bankberater mitgebracht hatte, die aber keiner von uns spielen konnte. Nachts lagen wir auf unseren Iso-Matten und lauschten dem Surren der Klimaanlage. »Diese Stille«, sagte mein ehemaliger Bankberater, und als er merkte, dass er sie dadurch gestört hatte, entschuldigte er sich flüsternd.

Morgens weckte er mich mit Brötchen von der Tankstelle. Sie waren noch warm.

Sehr geehrter Herr Willis,

nun, ich habe mit meinem Verlag gesprochen. Wir können Ihnen € 500 (inkl. MwSt.) für Ihre Mitarbeit zusichern. Mehr ist leider nicht möglich (Wirtschaftskrise, schwierige Lage des Buchhandels, mangelndes Vertrauen in meinen Roman).

Ich weiß, das ist nicht viel. Aber vielleicht hilft es Ihnen, um sich zumindest einer Sache am Ende sicher zu sein. Denn außer dem Honorar kann ich Ihnen leider wenig garantieren. Ich kann Ihnen nicht garantieren, dass wir heil aus der Geschichte rauskommen. Ich kann Ihnen nicht garantieren, dass wir uns am Ende kurz, aber herzlich umarmen. Ich kann Ihnen nicht garantieren, dass Sie unterwegs eine attraktive Frau aus akuter Gefahr befreien, die Sie dann aber zurücklassen, weil das besser für Sie beide ist. Ich kann Ihnen noch nicht einmal garantieren, dass wir Ihr Bein retten können. Ich kann Ihnen lediglich garantieren, dass ich alles für ein glückliches Ende tun werde. Wenn Sie mir garantieren, dass Sie das ebenfalls tun. Wir müssen uns gegenseitig retten. Wir müssen einander vertrauen. Und ist Vertrauen nicht viel mehr wert als jedes Bein?

Ihr
Tilman Rammstedt

Als Kind wollte mein ehemaliger Bankberater, wie er mir erzählte, nie Lokomotivführer oder Fußballer werden, sondern immer schon Bankberater. Und manchmal sehe er sein fünfjähriges Ich neben sich stehen, in kurzen Hosen, mit diesem Topfschnitt, eine Eiswaffel in der Hand. Das fünfjährige Ich würde stolz und glücklich lächeln. »Wir haben es also geschafft«, würde es sagen, und mein ehemaliger Bankberater würde auch lächeln und ihm das Haar verwuscheln. »Nein, nicht wir«, würde er sagen und seinem fünfjährigen Ich das Eis wegnehmen. »Ich habe es geschafft.« Und dann würde er genüsslich am Eis lecken, auch wenn es Erdbeereis wäre und er Erdbeereis eigentlich gar nicht möge.

Sehr geehrter Herr Willis,

also kommen Sie, lassen Sie das Paddel bitte sinken. Hören Sie auf, mir zu drohen. Das ist doch lächerlich. Wir sind doch beide erwachsen, da können wir unsere kleine Meinungsverschiedenheit auch vernünftig klären.

Außerdem sollten wir uns gerade wirklich auf anderes konzentrieren. Sehen Sie die beiden Gestalten dort am Ufer? Ja, dort hinter Ihnen. Das sind keine Fabelwesen, Herr Willis, auch wenn sie so aussehen mit ihren Brustpanzern und Schläuchen und viel zu großen Füßen, das sind Polizeitaucher. Und diese langen Stöcke sind zweifellos Harpunen. Die sind nicht für eine Übung hier, für keinen Lehrgang, die sind wegen uns hier. Die kommen uns holen. »Schauen Sie schnell, Herr Willis«, rufe ich, »die steigen ins Wasser.«

Und als Sie sich erschrocken umdrehen, greife ich nach Ihren Beinen und ziehe sie unter Ihnen weg. Sie straucheln, suchen vergeblich irgendwo Halt, Sie knallen auf die Bootsplanken. Mit einem Satz sitze ich auf Ihnen, das Ruder an Ihren Hals gepresst. Ich lache höhnisch, ohne es zu wollen. »Sagen Sie, dass Sie nicht nach Hause wollen!« Sie schütteln den Kopf, soweit das eben geht, und schauen mich trotzig an. »Sagen Sie, dass Sie sich retten lassen!«, schreie ich und Sie lächeln sogar, aber es ist Ihr bedrohliches Lächeln, das kenne ich, das kenne ich viel zu gut. »Nie im Leben«, sagen Sie, und ich drücke das Paddel tiefer in Ihren Hals. Sie würgen, Ihre Augen weiten sich. »Ich bin doch Ihr Freund«, sage ich. »Akzeptieren Sie das endlich.« Ihr Gesicht läuft rot an, Sie strampeln mit den Beinen. »Ich bin Ihr Freund, verdammt noch mal«, sage ich. »Ich bin Ihr bester Freund.« Ich sage es immer wieder und immer leiser, ich sage es noch, als ich das Paddel längst von Ihrem Hals genommen habe, als ich wieder neben Ihnen liege, als Sie nach Luft schnappen und alles auf einmal sehr schwer ist. Es fängt an zu regnen, als ob wir uns darum scheren würden.

Ihr
Tilman Rammstedt

Mein ehemaliger Bankberater war seiner eigenen Aussage nach nur drei Mal richtig verliebt gewesen. Und nie habe er das rechtzeitig gemerkt. »Neuerdings passe ich besser auf«, sagte er und schaute konzentriert auf den Wasserspender. Ich schaute mit.

Sehr geehrter Herr Willis,

ich verstehe, Sie wollen meine Freundschaft nicht. Ganz wie Sie möchten. Das war nur ein Angebot. Angebote kann man ausschlagen, das muss ich Ihnen nicht erklären. Wir können das Ganze auch sachlich regeln, ohne jede Gefühlsduselei. Das ist mir sogar am liebsten.

Also, Herr Willis, hören wir auf, darüber zu diskutieren, wer wem was schuldet und wer wessen bester Freund ist. Betrachten wir nüchtern die Situation. Wir sitzen beide im selben Boot, ganz unmetaphorisch. Und wir wollen beide nicht hier sitzen. Der Unterschied zwischen uns ist allerdings, dass Sie gestern eine Bank überfallen haben und ich nicht. Und wenn Sie jetzt behaupten, das seien nicht Sie gewesen, sondern mein Bankberater, dann greifen Sie bitte kurz einmal in Ihre Tasche und überlegen Sie, wie Sie der Polizei die sechstausendeinhundert Euro erklären wollen. Ich habe mit all dem wenig zu tun. Ich bin nur zufällig hier. Ich bin in die ganze Geschichte unglücklich mit hineingeraten. Wenn hier also einer nach Hause darf, bin ich das. Aber ich gehe nicht nach Hause. Ich bleibe hier bei Ihnen. Ich stehe das gemeinsam mit Ihnen durch. Das ist mein Entgegenkommen an Sie.

Also kommen Sie mir bitte auch entgegen, und finden Sie mit mir das glückliche Ende. Geben Sie mir achtundvierzig Stunden, nur läppische achtundvierzig Stunden. Dann bringe ich Sie wohlbehalten nach Hause. Bis vor die Haustür. Sind Sie damit einverstanden? Haben wir eine Abmachung, Herr Willis?

Ihr
Tilman Rammstedt

PS: Mein Verlag bot übrigens an, Ihr Honorar auf € 750 zu erhöhen, wenn Sie auf dem Umschlag als Coautor genannt werden dürfen. Ich habe das Angebot abgelehnt. Nicht, dass ich Ihnen das Geld nicht gönne, aber bislang haben Sie noch rein gar nichts zum Roman beigetragen. Wenn sich das ändern sollte, können wir noch einmal darüber reden. Im Gegensatz zu Ihnen bin ich flexibel.

Mein ehemaliger Bankberater war angeblich nie müde. Immer wenn er anfange, müde zu werden, denke er darüber nach, was für ein unglaublich faszinierendes Gefühl die Müdigkeit doch sei, wie rätselhaft, wie unerforscht, und dann sei er so aufgeregt über seine Müdigkeit, dass sie sofort verschwinde. Erst Stunden später komme sie zurück, sagte er traurig, aber da schlafe er immer schon. Ich wollte ihn gern trösten, aber ich war mir auf einmal nicht mehr sicher, wogegen Trost genau half.

Sehr geehrter Herr Willis,

also gut: vierundzwanzig Stunden. Drunter kann ich nicht gehen. Beim besten Willen nicht. Das werden Sie verstehen. Sie sind doch ein verständiger Mann.

Ihr
Tilman Rammstedt

Mein ehemaliger Bankberater kannte sich nicht gut mit Wein aus. Das vertraute er mir einmal mitten im Gespräch über etwas vollkommen anderes an. »Ich kenne mich ohnehin wenig aus«, sagte er. »Und wenn ich mich mal auskenne, kann man das meistens nicht trinken«, sagte er. »Eigentlich nie«, sagte er, und dann setzte er das Gespräch über das vollkommen Andere fort. Er hatte dazu noch etwas zu sagen.

Sehr geehrter Herr Willis,

nur vierundzwanzig Stunden, nur einen einzigen Tag, das sind Sie mir schuldig. Und länger brauchen wir hoffentlich nicht, um das Chaos zu beseitigen, das Sie hier angerichtet haben. Ja, Sie. Da müssen Sie mich jetzt gar nicht so überrascht anschauen. Wenn Sie sich so eigensinnig weigern, gerettet zu werden, muss ein ganz neues glückliches Ende her. Da sind vierundzwanzig Stunden nicht besonders großzügig berechnet.

Holen Sie uns bitte erst mal irgendwie von diesem See runter. Und beeilen Sie sich etwas, die Taucher sind schon längst im Wasser, die kommen schon auf uns zu, die können ja nicht wissen, dass sich unsere Pläne geändert haben.

Es wäre jedenfalls wirklich schön, wenn zumindest das nicht wieder an mir hängen bliebe. Ich habe gerade wirklich weder Lust noch Zeit, mich damit auseinanderzusetzen. Ich habe anderes zu tun (zerbissene Knirscherschiene ersetzen lassen, Ehe retten, Roman neu konzipieren). Noch sind wir schließlich ein Team, Herr Willis, vierundzwanzig Stunden lang sind wir das noch.

Ihr

Tilman Rammstedt

Er frage sich manchmal, sagte mein ehemaliger Bankberater, als wir gemeinsam im Zoo waren, ob er wohl ein gutes Zebra geworden wäre. »Wahrscheinlich nicht«, beschloss er. »Wahrscheinlich sind noch nicht einmal Zebras gut darin, Zebras zu sein.«

Sehr geehrter Herr Willis,

bitte verzeihen Sie, dass ich mich jetzt erst melde. Es war ein langer Tag (Auseinandersetzungen mit meiner angeblichen Frau, Auseinandersetzungen mit meinem angeblichen Verlag, Auseinandersetzungen mit meinem angeblichen Leben), da bin ich zu wenig anderem gekommen.

Aber Sie haben ja selbst auch genug zu tun. Kommen zumindest Sie gut voran? Sind wir die Polizeitaucher losgeworden? Sind wir schon vom See runter? Und was ist mit dem Hund? Haben wir den angemessen würdevoll beerdigt? Und wie ist es um unseren Hunger bestellt?

Schreiben Sie mir das doch bitte, Herr Willis, wenn Sie zwischendurch eine Minute haben. Nur wenn Sie wollen. Heute will ich niemanden mehr zu irgendwas überreden. Das gelingt ohnehin nicht.

Ich hätte jetzt gerade jedenfalls Zeit, mir Ihre Antworten durchzulesen. Ich sitze in einem Internetcafé. Wahrscheinlich noch eine ganze Weile, mindestens die Nacht über, vielleicht länger. Es gibt Kaffee für sechzig Cent, der gar nicht mal so schlecht schmeckt, und schon seit Stunden fallen mir keine Websites mehr ein, die ich noch besuchen könnte. Ich google immer abwechselnd meinen Namen und Ihren. Sie haben fast genau zweitausendmal so viele Einträge wie ich. Ist das nicht ein interessanter Zufall, Herr Willis?

Mir gefällt die Vorstellung, Sie dort am anderen Ende dieser Mail zu wissen. Mir gefällt auch die Vorstellung, dass Sie womöglich gerade genauso verloren auf den Bildschirm starren wie ich, dass sich unsere Blicke irgendwo in der Mitte treffen. Wahrscheinlich verenden sie aber kurz vorher, es fehlen nur ein paar Zentimeter. Es fehlen immer nur ein paar Zentimeter. Manchmal macht das Hoffnung, weil es doch eine lächerlich kleine Distanz ist, und manchmal macht es genau das so schlimm. Dass alles erreichbar scheint, aber sich nichts wirklich trifft.

Verzeihen Sie, ich schreibe Unsinn. Mir geht es gerade nicht besonders gut (Hier, Jetzt, Alles). Und ich habe ein wenig getrunken (Bier, Wodka, Sechzig-Cent-Kaffee). Haben Sie auch etwas getrunken, Herr Willis? Hilft es bei Ihnen? Bei mir hilft es nicht. Aber es muss ja auch nicht immer alles helfen.

Ihr

Tilman Rammstedt

Er solle mich schön von seiner Mutter grüßen, sagte mein ehemaliger Bankberater. »Unbekannterweise«, sagte er und fragte, ob meine Mutter ihn auch manchmal grüßen lasse. Ich belog meinen ehemaligen Bankberater nicht gerne, diesmal aber schon.

Sehr geehrter Herr Willis,

ich hoffe, Ihre Nacht war etwas geruhsamer als meine (Streit mit dem Internetcafébesitzer, Streit um eine Parkbank, Streit mit einer Parkbank). Ich bin in der Morgendämmerung spazieren gegangen. Leere Straßen, ein paar Taxis, Zeitungsboten, und für einen kurzen Moment kam mir alles auf einmal sehr weit weg vor (Liebe, Beruf, Sie), und wissen Sie was, Herr Willis, das war genau der richtige Abstand.

Es wird Sie aber sicherlich freuen, dass wir uns mit unserer Geschichte auf einem guten Weg befinden, dass wir fast am Ziel sind, dass es jetzt eigentlich nur noch um ein paar Details geht. Das habe ich auch allen anderen geschrieben, und ich war dabei sehr überzeugend.

Falls Sie anderer Ansicht sind, schreiben Sie es mir bitte nicht. Ich will mir heute gerne mal über nichts Sorgen machen (über drohende Fragen, über drohende Antworten, über drohende Polizeitaucher).

Ich will hier in der Spätsommersonne sitzen. Und wenn ich Sie wäre, würde ich das auch tun. Wir sitzen hier und freuen uns an all dem, was da ist (Ruhe, Details, unsere Bekanntschaft) und auf all das, was noch kommt (der nächste Schritt, der übernächste Schritt, ein glückliches Ende). Auf einem guten Weg sollte man sich schließlich auch mal ausruhen, sonst kommt man womöglich viel zu schnell an.

Ihr
Tilman Rammstedt

PS: Nur eine kleine Bitte. Falls Sie auch der Ansicht sind, dass wir uns auf einem guten Weg befinden, könnten Sie das dann nicht nur an mich schreiben, sondern auch direkt an den Verlag: lendle@dumont-buchverlag.de? Nur falls ich doch nicht überzeugend genug war. Und wenn Sie schon dabei sind, bitte auch noch Kopien an: praxis@zahnpraxis-hering.de, info@psychotherapie-langard.de, theunissen@fa-prenzlauer-berg.verwalt-berlin.de, bohne@hausverwaltung-diamant.de. Vielen Dank.

Dass mein ehemaliger Bankberater und ich uns irgendwann gar nicht mehr in seinem Büro trafen, fiel mir erst sehr spät auf. Wenn wir uns nicht ohnehin zu einer Exkursion verabredet hatten, fing er mich spätestens an den Geldautomaten, noch häufiger schon auf dem Gehsteig ab. »Hier ist man viel näher an den Menschen da draußen«, behauptete er, während er mir einen der beiden Hartplastikklappstühle anbot, die er unterm Arm trug. Und nur um die Menschen gehe es schließlich, sagte er, und als er merkte, dass das nicht ganz stimmte, ergänzte er: »Und um Ihr Geld.« »Um Ihr Geld, um die Menschen da draußen und um die Menschen drinnen«, fasste er zusammen. Das könne man ohnehin nicht ganz trennen. »Alles hängt zusammen«, sagte er, verstummte dann und reichte mir hektisch irgendwelche Prospekte von Sprachschulen oder einem neu eröffneten Pizza-Lieferservice, die ich mir durchlesen sollte, was ich auch tat, so gründlich wie möglich.

Sehr geehrter Herr Willis,

vergessen Sie, was ich Ihnen heute Mittag geschrieben habe. Wir sind auf keinem guten Weg. Das wurde mir mehr als deutlich gemacht. Im Gegenteil, Herr Willis, wir sind auf dem besten Weg, alles zu vermasseln. Also nichts da mit Spätsommersonne. Die ist ohnehin mittlerweile hinter Wolken verschwunden, weil ja alles anscheinend verschwindet, weil ja alles anscheinend dringend sein eigenes Leben leben will, weil ich noch nicht einmal die verfluchte Parkbank wiederfinde.

Und die Einzigen, die wirklich längst verschwunden sein sollten, sind wir, Herr Willis. Fort von diesem See, fort von den Tauchern, denn ausgerechnet die weigern sich ja zu verschwinden, ausgerechnet die kommen immer näher, und Sie schweigen einfach weiter vor sich hin. Als ob jetzt nicht auch eine Notlösung reichen würde, eine provisorische, eine undurchdachte, von mir aus irgendeine Verzweiflungstat. Denn, ohne Sie beunruhigen zu wollen, Herr Willis, da bewegt sich etwas im Wasser, direkt vor uns, da taucht etwas auf. Und vielleicht ist es jetzt doch höchste Zeit, Sie zu beunruhigen. Wir müssen schleunigst auf einen guten Weg gelangen, alles andere kommt nicht infrage. Hören Sie, Herr Willis? Das kommt überhaupt nicht infrage.

Ihr
Tilman Rammstedt

Er lerne jetzt Italienisch und Querflöte, sagte mein ehemaliger Bankberater. Man wisse schließlich nie. »Oder?«, fragte er. »Nein«, sagte ich.

Sehr geehrter Herr Willis,

wie zum Teufel können Sie so ruhig bleiben? Glauben Sie etwa, dass ich Ihnen schon wieder helfe? Da irren Sie sich gewaltig. Ich habe alle Hände voll zu tun (dies, das, geht Sie überhaupt nichts an), und es ist auch verdammt noch mal nicht meine Aufgabe. Wir hatten eine Abmachung. Und Sie sind hier schließlich der Experte. Aber mit einem Experten wie Ihnen hätte ich vielleicht besser einen Gedichtband geschrieben oder irgendetwas mit einem verschwiegenen Eigenbrötler als Hauptfigur, »Das dumpfe Schweigen meines fehlbesetzten Bankberaters« oder »Die Abenteuer von Bruce Willis, die abrupt endeten, als er von einer Harpune durchbohrt wurde, weil er sich zu fein war, auch nur eine einzige Mail zu beantworten«. Ich frage sofort meinen Verlag, ob man den Titel noch ändern kann. Das mache ich, Herr Willis, das mache ich auf der Stelle.

»Ihr«
Tilman Rammstedt

Einmal sprang mein ehemaliger Bankberater mitten im Gespräch auf und lief schnell nach draußen. »Ich dachte, ich hätte etwas gesehen«, sagte er entschuldigend, als er kurz darauf in sein Büro zurückkam. Er wirkte abwesend bei diesem Termin, noch abwesender als sonst, und ich hoffte, dass er, was immer er auch zu sehen geglaubt hatte, tatsächlich gesehen hatte, und dass es sehr schön gewesen war.

Sehr geehrter Herr Willis,

angeblich kann man den Titel nicht mehr ändern. Angeblich soll ich mich lieber darauf konzentrieren, das Buch schleunigst zu beenden. Angeblich soll ich auch nicht mehr dauernd im Verlag anrufen. Ich soll auch nicht mehr bei meiner Frau anrufen. Ich soll nicht mehr bei der Schwester meiner Frau anrufen, nicht mehr beim Finanzamt, nicht mehr bei der Hotline meines Internetanbieters und nicht mehr bei meinem Hausarzt, auch nicht privat.

Ich muss also schon wieder alles allein ausbaden, was Sie nicht hinbekommen, Herr Willis. Schönen Dank auch.

Ihr

Tilman Rammstedt

Wir hätten wirklich viel gemeinsam, sagte mein ehemaliger Bankberater. »Zum Beispiel mögen wir beide keine Tomaten.« Ich mochte Tomaten. Und als ich ihm das sagte, strahlte mich mein ehemaliger Bankberater an. »Sehen Sie«, sagte er. »Ich auch.« Wir saßen uns gegenüber, weniger als einen Meter Abstand zwischen uns, ich fühlte mich ihm nah.

Sehr geehrter Herr Willis,

so, ich habe die Lösung. Ich weiß jetzt, wo wir das glückliche Ende finden. Wegen all dem Ärger um mich herum habe ich einfach nicht klar denken können. Dabei ist es doch vollkommen offensichtlich.

Wenn Sie sich weigern, mein Bankberater zu sein, bedeutet das, dass er ganz auf sich gestellt war beim Überfall. Das bedeutet, dass er mit Sicherheit nicht wieder heil aus der Bank rausgekommen ist. Er hatte nicht den Hauch einer Chance. In Sekundenschnelle ist er verhaftet worden, da mussten gar keine schwarz gepolsterten Spezialeinheiten anrücken, da reichte ein Streifenpolizist, ein 21jähriger in der Probezeit, der eigentlich nur schnell Geld abheben wollte. Und bevor der überhaupt wusste, was los war, hatte mein Bankberater schon die Hände erhoben, hatte »Ich bin unbewaffnet« gerufen und, damit das auch stimmte, schnell den Revolver weggeworfen. So war es leider, Herr Willis. Und leider hat er den Revolver etwas zu schnell weggeworfen, leider hat sich dabei ein Schuss gelöst und meinen Bankberater in den Oberschenkel getroffen, genau an der Stelle, an der auch Sie getroffen wurden. Wenigstens das haben Sie mit ihm noch gemeinsam.

Und jetzt liegt mein Bankberater also zweifellos auf der Krankenstation eines Gefängnisses, und neben ihm liegt irgendein Kleindealer namens Richard, der gerne Rico genannt werden will, was aber niemand tut, und übt den ganzen Tag, seine Fingerknochen knacken zu lassen. Mein Bankberater starrt unentwegt an die Decke, er kennt die Decke schon auswendig, und er rechnet mit allem, nur nicht mit einem glücklichen Ende.

Wir haben keine Wahl, Herr Willis. Wir müssen ihn befreien. Wir müssen ihn retten. Natürlich müssen wir das, irgendeiner muss hier schließlich gerettet werden. Ohne Rettung gibt es nun einmal kein glückliches Ende.

Ihr

Tilman Rammstedt

Man könne das Wachstum gar nicht verhindern, erklärte mir mein ehemaliger Bankberater. »Wenn die Wirtschaft schrumpft, wachsen die Schulden. Wenn die Haare ausfallen, wächst die Glatze. Wenn die Handys kleiner werden, dann wächst halt die Fläche um die Handys herum.« Auch mein Geld sei also nicht direkt weg, ich hätte dafür etwas anderes bekommen. »Nun müssen wir nur noch herausfinden, was das ist«, sagte er und klopfte mir auf die Schulter. »Ist das nicht aufregend?«, fragte er. Ich weiß nicht mehr, ob ich nickte.

Sehr geehrter Herr Willis,

ja, ich weiß, das verzögert jetzt noch einmal alles, aber das kann ich leider nicht ändern, das haben Sie sich ganz allein zuzuschreiben. Die vierundzwanzig Stunden beginnen genau jetzt.

Und es ist mir auch vollkommen egal, wie Sie uns vom See herunterbekommen, das ist jetzt nur noch eine lästige Pflicht, das können Sie mir alles später erzählen, wenn wir Zeit dafür haben.

Wahrscheinlich sind wir in letzter Sekunde über Bord gesprungen, gerade als die erste Harpune abgefeuert wurde. Wahrscheinlich wurde unter Wasser mit Rudern gefochten. Ich wusste wahrscheinlich gar nicht, wie lange ich dic Luft anhalten kann, wenn ich es muss. Wahrscheinlich gaben Algen Deckung. Wahrscheinlich spielte auch noch der tote Hund eine Rolle, ein gezielter Wurf, ein zu Boden gegangener Polizist, der im Morast nach seiner Waffe suchte. Wahrscheinlich waren wir nass bis auf die Knochen. Wahrscheinlich sah ich erst, als wir längst wieder im Wald waren, dass Sie nun auch am Arm bluteten, dass ein Harpunenschuss Sie gestreift hatte, darüber verloren wir kein Wort.

So ähnlich wird es gewesen sein, und wahrscheinlich glaubt uns das kein Mensch, aber das ist jetzt egal. Erzählen Sie mir alles später, Herr Willis, in Ruhe, wenn wir Zeit für Details haben. Jetzt müssen wir weiter. Wir müssen uns zu dieser Straße schleppen, wir müssen in letzter Sekunde diesen Bus erwischen, wir müssen dem verstörten Fahrer ein paar der aufgeweichten Geldscheine in die Hand drücken, damit er keine Fragen stellt. Wir müssen uns auf die Sitze fallen lassen, atemlos und triefend und wieder einmal eine Nasenlänge voraus oder lieber sogar etwas mehr. Wir müssen uns so lange umdrehen, bis wir sicher sind, dass wir nicht schon verfolgt werden. Wir müssen in den Sitzen versinken. Wir müssen uns gegenseitig eine Alge von der Schulter streifen. Wir müssen maßlos erleichtert sein.

Ich kann das aus dem Augenwinkel nicht genau erkennen, aber ich glaube, Sie lächeln, Herr Willis. Und ich, glaube ich, auch.

Ihr

Tilman Rammstedt

Wenn mein ehemaliger Bankberater im Café von der Toilette zurückkam, begrüßte er oft herzlich die Menschen am Nebentisch. »Die kenne ich von früher«, erklärte er mir flüsternd. Meist stellte sich heraus, dass er sie auf dem Hinweg zur Toilette zum ersten Mal gesehen hatte, aber das störte ihn nicht. Auch das sei schließlich früher gewesen. »Bis jetzt war alles früher«, sagte er, dachte kurz darüber nach, und sagte es dann, etwas leiser, noch einmal.

Sehr geehrter Herr Willis,

es tut gut, wieder unterwegs zu sein, es tut gut, endlich wieder voranzukommen, es tut gut, ein Team zu sein. Regen prasselt an die Scheiben des Busses, draußen verschwimmen die ersten Anzeichen von Stadt. Mit geschlossenen Augen sitzen Sie neben mir, und ich kraule den toten Hund auf meinem Schoß. Sie wollten mich noch daran hindern, ihn mitzunehmen, aber ich konnte ihn nicht einfach zurücklassen, nicht nach all dem, was er für uns getan hat, vor und nach seinem Tod. Außerdem ist er die größte Annäherung an eine Katze, die uns bislang begegnet ist, und wir können uns gerade nicht leisten, besonders wählerisch zu sein. Ich massiere seine schon erstarrenden Muskeln und lasse den Blick durch den fast leeren Bus schweifen. Ganz vorne zwei Frauen, jede mit einem weißen Plastikkleiderständer in der Hand, links hinter uns liest ein Mann Zeitung. Alle bemühen sich, uns nicht zu bemerken, und das will ich ihnen auch geraten haben.

Aber schauen Sie, Herr Willis! Schauen Sie doch nur. Aufgeregt stoße ich Sie an die Schulter. Wir sind auf der Titelseite. Ja, wir beide. Es sind keine sehr schmeichelhaften Bilder, vor allem von Ihnen nicht, aber sie zeigen zweifellos uns. Ich weiß, Sie sind das ja gewohnt, aber ich war noch nie auf der Titelseite irgendeiner Zeitung. Ich wusste gar nicht, dass man es mit einem Banküberfall noch auf die Titelseite schafft. Ich kann nicht aufhören, auf die Zeitung zu starren, auch wenn Sie mir zuflüstern, dass ich das lassen soll. Und Sie haben recht, der Mann starrt schon zurück, er starrt auf unsere durchnässte Kleidung, er starrt auf Ihr verbundenes Bein, Ihren blutenden Arm, er starrt auf den toten Hund, und dann starrt er nicht mehr, sondern versucht, unauffällig sein Telefon aus der Tasche zu ziehen.

Ist das zu glauben, Herr Willis? Die kleine Ratte will hier also tatsächlich den Helden spielen. Er träumt wohl von einer Belohnung, er träumt davon, morgen auch in der Zeitung zu stehen. Er stellt sich schon vor, wie er jetzt tagelang ein Gesprächsthema haben wird, am Abendbrottisch und in der Kantine, wie er noch nach Wochen alle damit nerven wird, weil er uns ja fast eigenhändig zur Strecke gebracht hat.

Dass wir jetzt dringend wieder aussteigen sollten, flüstern Sie mir zu. Sie drücken auf den Haltewunschknopf, so fest und ausdauernd, als würde das irgendetwas beschleunigen. Sie zerren mich zur hinteren Bustür, aber ich reiße mich noch einmal los und baue mich vor dem Mann auf. Er zieht den Kopf ein und tut so, als wäre er ganz aufs Lesen konzentriert. Ich höre sein Schnaufen, seine Hände zittern. Er hat tatsächlich Angst vor mir, Herr Willis, und das auch noch vollkommen zu Recht. »Telefon«, flüstere ich, so tonlos wie möglich. Nie hätte ich gedacht, dass so etwas wirklich funktioniert, aber er reicht es mir, ganz beflissen, ganz gehorsam. »Zeitung«, flüstere ich, nicht mehr ganz so tonlos, weil ich meine eigene Aufregung kaum unterdrücken kann, doch anscheinend ist es noch bedrohlich genug, denn er reicht mir auch die Zeitung. Und am liebsten will ich ihm noch mehr Befehle zuflüstern, »Brieftasche«, »Armbanduhr«, »Unterhose«, aber der Bus hält an, und Sie winken mich ungeduldig zu der sich öffnenden Tür. »Beeilung«, rufen Sie, und es ist schön, das endlich mal aus Ihrem Mund zu hören. Ich komme schon, Herr Willis, ich beeile mich. Wir sind auf einem guten Weg.

Ihr
Tilman Rammstedt

Einmal traf ich meinen ehemaligen Bankberater zufällig auf der Straße. Er sei leider sehr in Eile, sagte er, und ich sagte, das sei ich leider auch. Wir standen unschlüssig voreinander. »Also dann, bis Mittwoch«, sagte er. »Ja, bis Mittwoch«, sagte ich. Wir blieben weiter dort stehen. Wahrscheinlich nicht jahrelang, aber beschwören könnte ich es nicht.

Sehr geehrter Herr Willis,

da stehen wir nun an dieser Bushaltestelle in irgendeinem Gewerbegebiet und sind berühmt. »Titelseite«, rufe ich immer wieder und wedele mit der Zeitung vor Ihrem Gesicht herum. Nicht irgendwo im Lokalteil, kein Fünfzeiler hinten beim Vermischten. Nein, Titelseite. Ich lese Ihnen einzelne Formulierungen aus dem Artikel vor. »Minutiös geplant«, lese ich und »schwer bewaffnet«. Ich lese »mögliche Helfer« und dass wir angeblich vor Gewalt nicht zurückschrecken. Und das stimmt doch auch alles, Herr Willis. Wir schrecken vor nichts zurück, wir sind zu allem entschlossen. Wir sind gefährlich, wir sind unberechenbar, wir sind verdammte Meisterdiebe, Unterweltgrößen, Gangsterkönige. Meine Stimme überschlägt sich, während ich Ihnen all das erzähle. Sie säubern währenddessen mit etwas Spucke Ihre Armwunde.

Tun Sie doch bitte nicht so abgeklärt, Herr Willis. Das ist doch aufregend, geben Sie das doch zu. »Wir werden gesucht«, rufe ich. »Alle wollen etwas von uns.« Ich bin noch nie gesucht worden. Ich war einfach immer da, zur verabredeten Zeit, meistens sogar etwas zu früh. Wegen mir wurde noch nie die Bevölkerung um Mithilfe gebeten. Niemand wurde je vor mir gewarnt. Ich möchte am liebsten gleich dem nächsten Dahergelaufenen sein Telefon abnehmen. Ich möchte am liebsten gleich die nächste

Bank überfallen, einen Geldtransporter, ein Casino, Fort Knox.

Und vielleicht ist ein glückliches Ende schon viel näher als gedacht. Vielleicht können wir uns ein paar Wege sparen. Ich ziehe das eben erbeutete Telefon aus der Tasche und fange an zu wählen. Ich muss dringend meine Frau anrufen. Sie wird sich Sorgen machen, sie wird sich zum ersten Mal wirklich Sorgen um mich machen. Sie wird sagen, dass ich komplett den Verstand verloren hätte, aber sie wird es bewundernd sagen, und zum Schluss flüstert sie: »Pass bitte auf dich auf.«

Und ich muss meinen Verlag anrufen. Die werden begeistert sein. Eine bessere Werbung kann man sich ja gar nicht vorstellen. Titelseite, Herr Willis, ich sage nur: Titelseite. Ich werde den Vorschuss neu verhandeln müssen. Das Bild aus der Zeitung wird natürlich das neue Autorenfoto. Es gibt viel zu klären. Entschuldigen Sie mich kurz. Danach dürfen Sie auch jemanden anrufen, wenn Sie möchten.

Bis gleich.

Ihr

Tilman Rammstedt

Die Briefmarkensammlung meines ehemaligen Bankberaters bestand aus einer eingerissenen 55-Cent-Marke und einem Aufklebe-Tattoo. Ihm fehle einfach die Zeit, sagte er. Und die Lust, sagte er. Und die Briefmarken, sagte er.

Sehr geehrter Herr Willis,

in Ordnung. Sie dürfen jetzt telefonieren, wenn sie wollen. Aber ich würde Ihnen eher davon abraten. Man fühlt sich danach nicht unbedingt besser.

Meine Frau hat sofort aufgelegt. Sie legt immer sofort auf, wenn ich mit unbekannter Nummer anrufe. Bei bekannter Nummer geht sie gar nicht erst dran. Sie braucht noch Zeit, glaube ich. Sie hat gerade einfach viel um die Ohren (Anwaltstermine, mein Zimmer untervermieten, anonyme nächtliche Anrufe).

Bei meinem Verlag waren sie immerhin verständnisvoll. Ich solle mich ausruhen, haben sie gesagt. Mal ein paar Tage im Bett bleiben, ausreichend schlafen und mich dann irgendwann wieder melden. Mit dem Buch sei es jetzt nicht mehr so eilig.

Das ist bestimmt nett gemeint, aber vor allem zeigt es, dass sie keine Ahnung haben von meiner Situation, von unserer Situation, Herr Willis. Die sitzen da ja immer nur in ihren luftigen Büros mit ihren Manuskriptstapeln und »medium«-Mineralwasser. Die wissen ja gar nicht, wie es hier draußen ist, auf der Flucht, mitten in der Gefahr. Die wissen nicht, wie es ist, nach fast dreißig Stunden ohne Schlaf mit immer noch durchweichten Kleidern im Nirgendwo zu stehen. Das kennen die vielleicht aus ihren gestapelten Manuskripten, in denen sie dann »unglaubwürdig« oder »hier kürzen« an den Rand schreiben, aber sie wissen nicht, wie einsam es sich anfühlt, wie erschöpfend, wie ausgeliefert. Nur Sie wissen das, Herr Willis. Nur wir verstehen einander.

»Also, wollen Sie?«, frage ich und halte Ihnen das Telefon hin. Sie zögern kurz, dann nicken Sie, geben eine lange Nummer ein, zögern noch einmal und drücken die Anruftaste. Fünf Mal klingelt es, das kann ich hören. Ich höre einen Anrufbeantworter anspringen. Sie legen schnell auf. Müde schauen Sie aufs Telefon, reichen es mir zurück, legen es sachte in meine Hand, als fürchteten Sie, es könne aufwachen. »Keiner da«, sagen Sie. Mit wem Sie denn hätten sprechen wollen, frage ich, und Sie winken ab. »Mit einem Bekannten. Nur mit einem alten Bekannten.«

Ich hatte Sie gewarnt, Herr Willis, man fühlt sich danach nicht unbedingt besser. Ich klopfe Ihnen auf die Schulter, suche einen Gully, in dem ich das Telefon verschwinden lassen kann, damit es nicht noch mehr Unheil anrichtet, schultere den toten Hund, der schon allein dem Gewicht nach keine Katze sein kann, und nicke Ihnen müde zu. Sie nicken zurück. Es geht weiter, immerhin weiter, mit unendlich schweren Beinen, mit unendlich trockenen Zungen, mit unendlich vagen Vorstellungen und einer leider überaus endlichen Zahl von Stunden, die uns noch bleiben. Ich habe nicht gestoppt, meine Uhr ist nicht wasserdicht, aber wahrscheinlich sind es jetzt nur noch zweiundzwanzig.

Wahllos schlagen wir irgendeine Richtung ein, ohne zu wissen, ob Sie zu einem Ende führt, geschweige denn zu einem glücklichen. Aber was bleibt uns anderes übrig?

Ihr
Tilman Rammstedt

Wer wohl die Untertasse erfunden habe, fragte mein ehemaliger Bankberater, als wir in meiner Küche saßen. »Ich war es jedenfalls nicht«, sagte er. »Das muss jemand anderes gewesen sein«, sagte er und schaute mich erleichtert an. Ich versuchte, nicht wegzuschauen. Es gelang nicht.

Sehr geehrter Herr Willis,

nichts. Nichts anderes bleibt uns übrig.
Nur falls Sie sich das gefragt haben sollten.
Ihr
Tilman Rammstedt

Nie habe ich meinen ehemaligen Bankberater ohne Krawatte gesehen. Nicht beim gemeinsamen Tretbootfahren, nicht an der Theke um halb vier Uhr morgens, nicht einmal im Schwimmbad legte er sie ab. Das verlange einfach der Respekt, sagte er. Dann schwamm er weiter.

Sehr geehrter Herr Willis,

ich muss Ihnen etwas gestehen. Bevor ich vorhin das Telefon in den Gully warf, habe ich noch die Wahlwiederholung gedrückt. Ich weiß, das gehört sich nicht, aber ich wollte unbedingt wissen, wen Sie anrufen wollten. Ich wollte einfach etwas mehr über Sie erfahren. Manchmal sind Sie mir auch nach all dem, was wir schon miteinander erlebt haben, wahnsinnig fremd. Wieder klingelte es fünf Mal, bis der Anrufbeantworter ansprang. Die Stimme darauf war leicht verzerrt, aber zweifellos Ihre. Dies sei der Anschluss von Bruce Willis, sagte sie, und dass ich eine Nachricht hinterlassen solle. Es folgte der Piepton, und so gern hätte ich tatsächlich eine Nachricht hinterlassen, so gern hätte ich Ihnen gesagt, dass Sie sich keine Sorgen machen müssten, dass Sie ja vielleicht nur unter der Dusche stehen oder kurz einkaufen gegangen sind, dass Sie vielleicht die Musik etwas zu laut aufgedreht und das Klingeln einfach überhört haben. So gern hätte ich Ihnen gesagt, dass Sie es doch später noch einmal versuchen sollen, dann würden Sie sich bestimmt erreichen, dann würden Sie Ihre unverzerrte Stimme hören, sich vergewissern, dass es Ihnen gut geht, dass alles in bester Ordnung ist. Aber ich bekam kein Wort heraus, es folgten ein zweiter Piepton und das Besetztzeichen, das ich immer noch hörte, als ich das Telefon durch die Gullystäbe fallen ließ.

Ich ging zurück zur Bushaltestelle. Sie standen unverändert da, den Blick zu Boden gerichtet. »Okay, wir können«, sagte ich.

Ihr

Tilman Rammstedt

Ob ich mal was Interessantes hören wolle, fragte mich mein ehemaliger Bankberater auf unserer Fahrradtour im Juni. »Ja«, sagte ich. »Ich auch«, sagte er. Dann radelten wir weiter, mein ehemaliger Bankberater, die Hoffnung und ich.

Sehr geehrter Herr Willis,

irgendwo hinter uns die Polizei, irgendwo vor uns die ablaufende Zeit, und wir kommen kaum von der Stelle. Bei jedem Schritt stützen Sie sich mit dem gesunden Arm auf dem gesunden Bein ab, ziehen das verletzte mühsam nach, und erst nach ein paar Sekunden Pause ist dann an den nächsten Schritt zu denken. Der Himmel klart auf, sonst nicht viel.

Ich würde Ihnen ja gern helfen, aber ich brauche beide Arme, um den toten Hund zu tragen. Als ich mich nach einer Viertelstunde zum ersten Mal umschaue, ist die Bushaltestelle kaum kleiner geworden, und es tröstet nur wenig, dass wir ohnehin nicht wissen, wohin genau wir gehen sollen. Ich habe nicht die leiseste Ahnung, wo in dieser Stadt die Gefängnisse sind, mit so etwas habe ich mich noch nie auseinandergesetzt. Und schon gar nicht weiß ich, in welchem davon sich mein Bankberater befindet, auf der Krankenstation neben Rico, der das mit dem Fingerknacken immer noch nicht gelernt hat und vielleicht auch deshalb auf alle Fragen meines Bankberaters nur mit der Aufforderung antwortet, er solle sich ins Knie ficken.

Wir müssen dringend etwas essen, Herr Willis. Wir müssen dringend etwas trinken, dringend müssen wir jemanden nach dem Weg fragen, aber alles ist ausgestorben, nichts als lang gezogene Containerbauten, Firmenschilder für Unternehmen, deren Aufgaben mir schleierhaft sind, wochenendverwaiste Parkplätze. Vielleicht hätte ich das Telefon nicht so voreilig wegwerfen sollen, dann hätten wir uns zumindest eine Pizza bestellen können oder noch besser einen möglichst zwielichtigen Taxifahrer, der für eine Handvoll durchweichter Geldscheine keine unnötigen Fragen stellt, aber dafür ist es nun zu spät.

»Es ist bestimmt nicht mehr weit«, sage ich, um zu sehen, ob ich es mir vielleicht sogar selbst glaube.

»Okay«, sagen Sie.

»Wie geht es Ihrem Arm?«, frage ich.

»Okay«, sagen Sie.

»Und dem Bein?«, frage ich.

»Okay«, sagen Sie.

»Ich wette, es ist nicht mehr weit«, sage ich.

»Okay«, sagen Sie.

Dann sage ich erst einmal nichts mehr, und auch das finden Sie wahrscheinlich okay. Sie sind ohnehin sehr genügsam seit Ihrem vergeblichen Telefonat, vielleicht auch einfach nur resigniert. Aber während wir hier mühsam Meter für Meter zurücklegen, um zumindest die nächste Straßenkreuzung zu erreichen, fühle ich mich Ihnen auf einmal sehr nah, sehr verbunden.

»Danke, dass Sie mir noch vierundzwanzig Stunden gegeben haben«, sage ich.

»Okay«, sagen Sie.

»Dieses glückliche Ende ist mir wirklich sehr wichtig«, sage ich.

»Okay«, sagen Sie.

»Ehrlich gesagt, läuft es bei mir nämlich sonst gerade nicht besonders gut«, sage ich.

»Okay«, sagen Sie.

»Ich habe ein wenig den Überblick darüber verloren, was genau nicht besonders gut läuft«, sage ich.

»Okay«, sagen Sie.

»Ich fürchte, alles. Alles läuft nicht besonders gut. Und über alles verliert man leicht den Überblick«, sage ich.

»Okay«, sagen Sie.

Wir erreichen die Kreuzung, biegen rechts ab, um nicht die Straßenseite wechseln zu müssen, und ein wenig bin ich erleichtert darüber, dass sich nach dem Abbiegen nichts ändert. Immer noch alles menschenleer, immer noch kein Ziel in Sicht, und gerade kann ich auch darauf verzichten. Ich will gerne einfach weiterlaufen und mich mit Ihnen unterhalten, als wäre das hier ein sehr langsamer Spaziergang, als wäre alles ein sehr langsamer Spaziergang.

»Wie läuft es bei Ihnen denn so?«, frage ich.

»Okay.«

»Freuen Sie sich auf zu Hause?«, frage ich.

»Okay.«

»Das ist schön«, sage ich. »Es ist schön, sich auf etwas zu freuen.«

»Okay.«

»Sie sind bestimmt auch froh, mich dann endlich los zu sein«, sage ich.

Sie schweigen.

»Sie werden mich bestimmt nicht vermissen«, sage ich.

Sie schweigen weiter.

»Ich Sie bestimmt auch nicht«, sage ich.

»Okay«, sagen Sie.

Die Mittagssonne bricht durch die Wolken. Ich lege mir den Hund über die andere Schulter. Es ist fast vollkommen still, nur unsere schlurfenden Schritte, unsere grummelnden Mägen.

»Darf ich Sie mal was fragen?«, sage ich.

»Okay.«

»Was Persönliches?«, sage ich.

»Okay.«

»Ertappen Sie sich auch manchmal bei der Hoffnung, dass das Beste noch kommt?«, sage ich.

»Okay.«

»Ich auch«, sage ich.

»Okay.«

»Und wäre es nicht eigentlich furchtbar erleichternd zu wissen, dass das Beste bereits hinter uns liegt?«, sage ich. »Dann müssten wir es nicht mehr dauernd suchen. Und hätten nicht ständig Angst, womöglich an den falschen Stellen zu suchen und es ganz knapp zu verpassen.«

»Okay.«

»Aber das wäre geschummelt, oder?«, sage ich.

»Ja«, sagen Sie.

Ein Auto fährt vorbei. Ich versuche es zum Anhalten zu bewegen, winke, weil ich keine Hand frei habe, mit der Pfote des toten Hundes, aber der Wagen beschleunigt und verschwindet hinter der nächsten Ecke.

»Egal«, sage ich.

»Okay.«

»Ein glückliches Ende darf nie ganz glücklich sein«, sage ich.

»Okay.«

»Damit man nach dem Ende noch Spielraum nach oben hat«, sage ich.

»Okay.«

»Also lassen Sie es uns endlich finden«, sage ich. »Um es hinter uns zu bringen.«

»Okay«, sagen Sie.

»Okay«, sage ich.

»Okay«, sagen Sie.

Okay, Herr Willis. Bringen wir es hinter uns.

Ihr

Tilman Rammstedt

Mein ehemaliger Bankberater ließ mich eine Zeit lang immer meine Zahnpasta zu unseren Terminen mitbringen und füllte sich einen großzügigen Teil davon in eine Butterbrotdose ab. Er habe sich das mal durchgerechnet, erklärte er mir. »Das kommt mich einfach billiger.«

Sehr geehrter Herr Willis,

nur noch neunzehn Stunden. So schön es auch ist, mit Ihnen zu plaudern, langsam wird es doch Zeit, irgendwo anzukommen, also sehen wir hinter der nächsten Ecke tatsächlich eine Tankstelle. Neu und blau und sauber steht sie da zwischen den verlassenen Zweckbauten wie eine Halluzination, eine verzweifelte Wunschvorstellung unseres Durstes, und ich rechne fest damit, dass sie wieder verschwindet, bevor wir sie erreichen, aber sie bleibt beharrlich, die Türen gleiten auf, laden uns ein. Es gibt Wasserflaschen in Übergröße, die wir noch vor dem Bezahlen ausgetrunken haben, es gibt einen Backshop, den wir halb leer kaufen, es gibt Brötchen und Bockwürste und Croissants, es gibt Muffins, es gibt Cappuccino.

Wir sitzen draußen zwischen den Zapfsäulen, den Rücken gegen den toten Hund gelehnt, und zum ersten Mal seit Tagen, seit Wochen, seit Jahren habe ich nicht das Gefühl, lieber woanders sein zu wollen. Wir blinzeln in die Sonne, der Geruch von Kaffee und Kerosin, die Langsamkeit eines angebrochenen Wochenendes. Mit jedem Bissen werde ich zuversichtlicher. Wir können es tatsächlich schaffen, Herr Willis. Wir können das glückliche Ende finden. Achtzehneinhalb Stunden sind bei genauerer Betrachtung gar nicht so wenig. Wenn sich Dinge ändern, dann ohnehin meistens von einer Sekunde auf die nächste, die Dinge sind sprunghaft, und in achtzehneinhalb Stunden haben sie doch mehr als ausreichend Platz zum Springen. All das erkläre ich Ihnen, und Sie sagen noch nicht einmal »Okay«. Sie sagen gar nichts, kauen langsam an einem Rosinenbrötchen und starren auf die Zapfsäulen.

Ich lasse Sie noch ein wenig ausruhen, das haben Sie sich verdient. Ich gehe zurück ins Tankstellenhäuschen, um sicherheitshalber auch noch die zweite Hälfte des Backshops leer zu kaufen. Ich kaufe Schirmmützen und Sonnenbrillen für die Tarnung, ich kaufe Tesafilm und Lakritzschnecken, um daraus bei Bedarf falsche Schnurbärte zu basteln. Ich kaufe eine kleine Flasche Rum für Ihre Wunden und eine große für uns. Ich kaufe sogar eine Packung Hundekekse, weil ich gerade tatsächlich glaube, dass sich alles noch zum Guten wenden wird, und weil sich vielleicht alles nur zum Guten wendet, wenn man auf das Gute ausreichend vorbereitet ist.

Ganz zum Schluss kaufe ich noch einen Stadtplan, auf dem ich mir vom Verkäufer im roten Polohemd zeigen lasse, wo genau wir uns befinden. Er schwitzt auffallend. Er schaut mir nicht in die Augen. Und natürlich hat er uns erkannt, Herr Willis, daran besteht überhaupt kein Zweifel. Den ganzen Tag schon hat er auf unsere Bilder in der Zeitung gestarrt, die hier stapelweise ausliegt. Aber ich will mich jetzt beim besten Willen nicht auch noch mit einem Tankstellenverkäufer im Polohemd herumärgern. Auf keinen Fall will ich das. Nicht jetzt, wo doch einmal bitte für ein paar Minuten alles einfach sein soll.

Ich reibe mir übers Gesicht. »Du weißt, wer wir sind?«, frage ich. Er nickt, ohne den Blick vom Stadtplan zu heben. »Hast du die Polizei gerufen?«, frage ich, und er zögert etwas, nickt noch einmal, zu verängstigt, um mich anzulügen. Ich schaue ihn müde an, seine nässenden Augen, seine unreine Haut, den missglückten Haarschnitt. Ich packe ihn am Kragen des Polohemds und ziehe seinen Kopf zu mir heran. »Hör gut zu«, sage ich und bin froh darüber, wie sehr meine Stimme bebt, wie mühsam nur ich meine Wut unterdrücken kann. Dass er keine Ahnung habe, was wir schon hinter uns hätten, sage ich. Dass er keine Ahnung habe, was wir noch vor uns hätten. Und dass ich mir das nicht von einem mickrigen Komparsen versauen lassen wolle. »Wie heißt du?«, frage ich, und bevor er antworten kann, sage ich, dass mich das nicht im Geringsten interessiere, dass er mich nicht im Geringsten interessiere. Dass er nur dazu da sei, mir diesen beschissenen Stadtplan zu verkaufen und mir zu zeigen, wo in Gottes Namen wir uns befänden. Und dann könne er verschwinden und weiter seine Online-Rollenspiele spielen oder seine Bierglas-Sammlung betrachten oder mit was auch immer er seine traurigen Tage verbringe.

»Ich frage dich jetzt noch einmal«, sage ich. »Hast du die Polizei gerufen?« Er kommt den Tränen immer näher, seine Oberlippe zittert. »Nein«, flüstert er, und ich lächele, wie Sie manchmal lächeln, Herr Willis, dieses bedrohliche Lächeln, das Ihnen keiner so schnell nachmacht. »Gut«, sage ich und lasse seinen Kragen los. Ich nehme mir einen Schokoladenriegel aus dem Regal unter der Kasse, reiße das Papier ab und beiße hinein, ohne ihn zu bezahlen. Ich habe gar keine Lust auf einen Schokoladenriegel, er soll nur meine Entschlossenheit unterstreichen. Ich kaue langsam, die Schokolade verklebt meinen Gaumen. »Gut«, sage ich dann noch einmal, aber das klingt mit vollem Mund nicht mehr ganz so bedrohlich.

Als ich wieder zu Ihnen an die Zapfsäulen komme, sind Sie mit Ihrem Rosinenbrötchen immer noch nicht fertig. Dem Stadtplan, den ich vor Ihnen ausbreite, schenken Sie kaum Aufmerksamkeit. »Also«, sage ich, »wir sind hier«, und zeige auf einen Punkt in der linken oberen Ecke der Karte. Ich hätte das lieber bedeutungsschwerer gesagt. Ich hätte Ihnen dabei lieber in die Augen geschaut und gemeinsam mit Ihnen gespürt, dass wir ja tatsächlich hier sind, im Hier und Jetzt, aber dafür ist es jetzt zu spät. Wir haben keine Zeit, die Szene zu wiederholen. Ich schaue auf die Karte, ich sehe unseren Wald, ich sehe unseren See, ganz friedlich und glatt liegt er da. Wenn man nicht ganz genau hinschaut, sieht man sogar unser Boot. Ich sehe die langen geraden Straßen rund um meinen linken Zeigefinger, mit dem rechten streife ich über die Planquadrate, bis er endlich fündig wird. »Justizvollzugsanstalt«, lese ich und nicke Ihnen zu. »Das ist nicht so weit, wie es aussieht«, sage ich, auch wenn ich weiß, dass es sogar noch viel weiter ist. Sie blinzeln nur kurz. »Also los«, sage ich und versuche die Karte zusammenzufalten, was natürlich nicht gelingt. Aber auch das können wir nicht wiederholen. Es gibt immer nur einen Versuch.

Ich stehe auf und werfe mir den Hund über die Schulter. »Kommen Sie«, sage ich. Sie rühren sich nicht von der Stelle, schauen mich nur müde an und schütteln unendlich langsam den Kopf. Dass Sie keinen Schritt mehr machen können, würden Sie sagen, wenn Sie noch sprechen könnten. Dass alles wehtut, würden Sie sagen. Dass Sie Ihr verletztes Bein nicht mehr spüren und Ihren verletzten Arm viel zu sehr. Dass es Ihnen leidtue, würden Sie sagen, aber die verbleibenden knapp achtzehn Stunden müssten Sie hier einfach sitzen bleiben, es gehe nicht anders. Es tue Ihnen wirklich aufrichtig leid. »Glauben Sie mir das?«, würden Sie fragen.

Ja, Herr Willis, ich glaube Ihnen. Das tue ich wirklich. Aber ich kann es leider nicht akzeptieren. Sie sitzen da, ganz Häuflein, ganz Elend, und halten sich noch immer an Ihrem Rosinenbrötchen fest, halten sich noch immer am Machbaren fest, als wüssten Sie nicht, dass uns das Machbare noch nie weitergebracht hat. Ich bleibe nicht hier, nicht an dieser Tankstelle. Auf keinen Fall. Sie müssen endlich lernen, zwischen Etappe und Ziel zu unterscheiden, Herr Willis. Ich lasse den Hund fallen und versuche stattdessen Sie hochzuheben, Sie mir irgendwie über die Schulter zu werfen. »Lassen Sie das«, würden Sie sagen, wenn Sie noch sprechen könnten. Ihr unwilliger, ängstlicher Blick, und keinen verdammten Zentimeter weit bekomme ich Sie hoch. Die Schwerkraft wehrt sich, als ob es hier wirklich noch um Zentimeter ginge. Die Schwerkraft hat doch keine Ahnung. Warum zum Teufel glauben Sie ihr mehr als mir? Warum, Herr Willis?

Ihr

Tilman Rammstedt

Im Grunde ließe sich alles in einem einzigen Satz zusammenfassen, sagte mein ehemaliger Bankberater. Ich kannte ihn da schon fast ein Jahr. Ich wusste, dass ich nicht auf die zweite Hälfte seiner Aussage warten musste. Ich wusste, dass es sie nicht gab. Ich wusste, dass er wieder einmal nur die halbe Wahrheit kannte, aber ich wusste auf einmal nicht mehr, ob das wirklich so wenig war.

Sehr geehrter Herr Willis,

also gut, ich lasse Sie los. Dann finden wir eine andere Lösung, dann kommt eben ein Auto, dagegen können Sie nichts haben, Autos fahren nun einmal an Tankstellen, das hebelt meines Wissens keine Naturgesetze aus.

Es ist ein blauer Škoda, aber das sehe ich erst, als ich den dumpfen Schlag hinter mir höre, als eine Tür aufgerissen wird, als eine Frau »Oh, mein Gott« ruft. Ich drehe mich um und sehe, wie sie sich über den Hund beugt. »Ist das Ihrer?«, fragt sie. Ich nicke. Die Frau schaut mich flehend an. Dass sie ihn einfach nicht gesehen habe, sagt sie. Ich müsse ihr glauben, der Hund sei ihr anscheinend einfach vor den Wagen gerannt. »Oh, mein Gott«, sagt sie immer wieder, sie selbst habe bis vor Kurzem auch so einen gehabt, etwas dunkler, Ernesto. Da sind Tränen in ihren Augen, und sie hört nicht auf, sich zu entschuldigen. Ich nicke Ihnen kurz zu, dann dränge ich die Frau zur Seite und beuge mich über den toten Hund, nehme seinen Kopf in meine Hände und tue so besorgt wie möglich. »Er atmet noch«, rufe ich. »Nur ganz schwach, aber er atmet noch.« Ich klinge wahrscheinlich nicht sehr überzeugend, aber der Frau bleibt nichts anderes übrig, als erleichtert zu lächeln. Dass er auf der Stelle zu einem Arzt müsse, rufe ich, dass wir keine Zeit verlieren dürften. Und weil die Frau immer noch nichts anderes tut, als zu lächeln, rufe ich es lauter: »Fahren Sie uns sofort zum Tierarzt! Sonst gibt es hier Tote.«

Sie sieht mich zögernd an, sie sieht den Hund an, sie schaut zu Ihnen hinüber und vergisst dabei, mit dem Lächeln aufzuhören, auch wenn es längst nicht mehr passt. Ich kann sehen, wie sie nach einer Ausrede sucht, nach einem guten Grund, sich zu weigern. Aber immer muss sie an Ernesto denken, an seine leeren Augen, seine verdrehte Pfote, sie denkt an die Nächte, in denen sie sich fragen wird, ob es nicht Schicksal war, heute einen Hund retten zu können, nachdem sie Ernesto damals nicht retten konnte, sie denkt daran, wie sie sich schlaflos wälzen wird. Und währenddessen habe ich schon längst den Hund auf den Rücksitz des Škoda gelegt, übertrieben behutsam, Beschwichtigungen murmelnd.

Ich gehe zu Ihnen hinüber, strecke meine Hand aus. »Bitte, Herr Willis«, sage ich. »Bitte, nur drei Schritte. Nur bis zum Auto.« Sie schauen mich nicht an. »Drei Schritte«, sage ich noch einmal. »Links, rechts, links. Das ist zu schaffen.« Sie seufzen, greifen meine Hand und lassen sich hochziehen. Links, rechts, links, Herr Willis. Ich mache es Ihnen vor.

Ihr

Tilman Rammstedt

Ende Juni stand auf dem Schreibtisch meines ehemaligen Bankberaters ein kleiner Weihnachtsbaum, der fast komplett aus Lametta bestand. Kontrazyklisch zu handeln sei das Wichtigste in seinem Geschäft, erklärte er mir und bestand darauf, dass ich mir das notierte. Als der Baum im Januar immer noch dort stand, erklärte er, dass Beharrlichkeit das Wichtigste sei. Auch das sollte ich mir notieren. Mitte März war der Schreibtisch wieder leer. »Was ist mit dem Baum?«, fragte ich, und mein ehemaliger Bankberater schaute mich verständnislos an. »Ach, das olle Ding«, sagte er schließlich. Ob ich mir das auch notieren solle, fragte ich, und mein Bankberater schüttelte den Kopf. Stattdessen schrieb ich »Das Bleiben der Dinge ist ihre größte Schwäche«, dann strich ich es wieder durch.

Sehr geehrter Herr Willis,

in der rechten Hand halte ich den Stadtplan, mit dem ich die Frau Richtung Gefängnis leite, »zu einem Spezialisten«, wie ich ihr versichere. Mit der linken streichele ich den Hund. Unentwegt rede ich auf ihn ein, um unangenehme Fragen zu vermeiden. Dass er durchhalten solle, sage ich. Dass er bald Hilfe bekomme, sage ich. Dass alles wieder gut werde, ganz bestimmt werde es das. In Nullkommanichts sei er wieder auf den Beinen, und ich ertappe mich dabei, das sogar selbst ein wenig zu glauben.

Erst hier im Auto merke ich, wie stark der Hund mittlerweile riecht, und nicht nur nach nassem Fell, das kann auch der Duftbaum am Rückspiegel nicht überdecken. Im Spiegel immer wieder die verunsicherten Blicke der Frau. »Wie heißt er denn«, fragt sie, wohl um etwas Normalität vorzutäuschen. »Bruce«, sage ich. Es tut mir leid, Herr Willis, ein anderer Name fällt mir auf die Schnelle nicht ein. »Ein schöner Name«, sagt die Frau, und sie sagt es sehr langsam.

Erst als wir schon fast am Ziel sind, traut sie sich, mich noch einmal anzusprechen. Was denn mit Ihnen passiert sei. »Mit Ihrem Freund«, sagt sie. Ich blicke zu Ihnen hinüber, als gäbe es dort nichts Auffälliges zu sehen. Unnatürlich verbogen sitzen Sie da, nur der Anschnallgurt hält

Sie noch halbwegs aufrecht, Ihr Gesicht presst sich an die Scheibe, Sie atmen flach. »Ist gestern Abend etwas spät geworden«, sage ich und lege meine Hand auf Ihre Schulter, wir hätten einen langen Tag hinter uns. »Ach so«, sagt die Frau. Sie würde es gern auf sich beruhen lassen, sie will nicht weiter nachbohren, kann aber nicht anders. Das sei doch aber Blut dort an Ihrem Arm, sagt sie, Sie seien doch augenscheinlich verletzt, und ich befühle Ihren Ärmel, rieche daran. »Tatsächlich«, sage ich überrascht. »Blut.« Aber es bestehe kein Grund zur Sorge. Sie hätten nun einmal einen Hang zum Dramatisieren, das dürfe man nicht zu ernst nehmen. »Er ist Schauspieler«, flüstere ich, als müsse sie dafür Verständnis haben.

»An der Ampel links«, sage ich dann beiläufig und wende mich wieder dem Hund zu. Ich streiche ihm über den Kopf, drücke meinen Mund auf sein Ohr. »Keine Sorge«, flüstere ich. »Keine Sorge, wir sind bald da.« Ich flüstere es so laut, dass auch Sie es noch hören könnten. Doch Sie schlafen fest.

Ihr
Tilman Rammstedt

Ein paar Wochen lang ließ sich mein ehemaliger Bankberater einen Bart stehen, dann rasierte er ihn wieder ab. »Wir haben einfach nicht zueinander gepasst«, erklärte er mir und strich über seine Wange, als wäre alles schon überstanden.

Sehr geehrter Herr Willis,

da ist es also, das Gefängnis. Unschuldig steht es zwischen Wohnhäusern und Geschäften, ich sehe eine Apotheke, ich sehe ein Mobilfunkgeschäft, einen Bäcker, etwas weiter die Straße hinunter sogar einen Spielplatz. Auf den ersten Blick könnte das Gefängnis auch als Finanzamt durchgehen, als Krankenhaus, als geheimnistuerische Forschungseinrichtung. Erst auf den zweiten Blick erkennt man die Dicke der verdunkelten Fensterscheiben, man erkennt die Kameras, die Scheinwerfer, den humorlosen Stahl der Tore, all das Undurchdringliche, das entschlossen Hermetische. Da müssen wir also rein, Herr Willis. Und dann müssen wir auch wieder raus.

Ihnen scheint der kurze Schlaf im Auto gutgetan zu haben. Vielleicht wirken auch schon die sechs Aspirin, die mir die Frau zum Abschied noch in die Hand drückte, angeblich für den Hund. »Gute Besserung«, hat sie gesagt und leise »Ihnen allen dreien« hinzugefügt. Und am liebsten hätte ich sie umarmt, am liebsten hätte ich sie gefragt, ob sie uns nicht in den verbleibenden Stunden Gesellschaft leisten wolle, aber noch bevor ich überlegen konnte, ob es wirklich eine gute Idee wäre, jetzt noch eine neue Figur einzuführen, war sie schon weggefahren, und ich konnte das gut verstehen.

Sie haben die Aspirin eine nach der anderen mit Rum runtergespült, und jetzt sitzen wir nebeneinander auf dem kleinen Grünstreifen schräg gegenüber vom Gefängnis und schauen auf die Mauern, hinter denen mein Bankberater in seinem Pflegebett liegt und nichts davon ahnt, wie nah wir ihm sind.

Ich bilde mir ein zu wissen, welches Fenster zur Krankenstation gehört. Kurz winke ich, auch wenn wir wahrscheinlich zu weit entfernt sind und es außerdem Ricos Bett ist, das am Fenster steht. Im Halbschlaf hat er uns vielleicht gesehen, zwei verschwommene Flecken auf grünem Hintergrund, dann hat er sich abgewendet und mit den Fingerknochen geknackt. Seit er das endlich gelernt hat, interessiert er sich für wenig anderes.

Wir sind fast am Ziel, Herr Willis. Wir können das Ziel schon sehen. Und Sie müssen gar nicht erst »Und was jetzt?« fragen, um mich daran zu erinnern, wie wenig es manchmal nützt, ein Ziel schon zu sehen. Aber wie ich Sie kenne, fragen Sie es trotzdem. Wie ich Sie kenne, können Sie es sich einfach nicht verkneifen. Also los, Herr Willis, fragen Sie schon.

Ihr
Tilman Rammstedt

Er wolle gern mal wieder eine Ausstellung besuchen, sagte mein ehemaliger Bankberater. Andererseits, sagte er, besuchen die ihn ja auch nie. »Ist doch wahr«, sagte er dann noch.

Sehr geehrter Herr Willis,

los, fragen Sie. Fragen kostet ja angeblich nichts. Deshalb machen das ja alle auch so oft. Deshalb kann ich mich vor Fragen gar nicht mehr retten. (Wann ist das Buch fertig?, Brauchen Sie eine Krankschreibung?, Was glauben Sie selbst, warum Sie so empfinden?, Habe ich Ihnen das gestern nicht schon deutlich genug erklärt?, Willst du, dass ich die Polizei rufe?, Ist Ihnen eigentlich klar, in was für große Schwierigkeiten Sie sich damit bringen?, Warum denkst du eigentlich immer nur an dich?, Glauben Sie, Sie sind unser einziger Autor hier?, Haben Sie kein Zuhause?, Wie viele Finger sind das?, Wer zum Teufel ist da? Sag mal, hast du sie noch alle?)

Aber ich habe auch gar nichts gegen Fragen. Auf Fragen kann man immerhin antworten, zum Beispiel mit »Ich weiß es nicht.« Das passt eigentlich immer.

Also fragen Sie ruhig. Sie kennen ja die Antwort.

Ihr

Tilman Rammstedt

Er wolle sich gerne das Rauchen wieder angewöhnen, sagte mein ehemaliger Bankberater. Er bezweifele nur, dass er dazu gerade die Willenskraft habe. »Es schmeckt mir einfach nicht«, sagte er. Er habe wirklich alles schon versucht, aber da sei nichts zu machen. Seufzend kaute er auf einem Zahnstocher herum. »Ich hätte gern etwas, das man schwer wieder los wird«, sagte er und sah mich prüfend an. Ich wusste nicht, ob ich bestanden hatte, und wenn ja, wusste ich nicht, was.

Sehr geehrter Herr Willis,

ich weiß es nicht. Ich habe nicht die geringste Ahnung. Ich weiß nur, was wir alles nicht haben. Wir haben keinen Plan, wie wir ins Gefängnis hineinkommen. Wir haben keinen Plan, wie wir dort meinen Bankberater finden. Wir haben keinen Plan, wie wir ihm einen Ausbruch schmackhaft machen, weil wir dummerweise ebenfalls keinen Plan haben, wie wir mit ihm da wieder rauskommen. Das ist mir alles klar, Herr Willis, also nerven Sie mich bitte nicht damit. Im Gegensatz zum Rest von uns haben Sie ja zumindest einen Plan, wie es danach weitergehen soll. Sie können dann nach Hause. Sie kennen schon Ihr glückliches Ende. Das hier ist für Sie doch nur so eine Art Urlaub, ein Praktikum, das in siebzehn Stunden vorbei sein wird. Bitte behalten Sie also Ihre schlauen Einwände für sich, seien Sie einfach mal kurz still. Ich muss mich konzentrieren. Wenn Sie sich unbedingt nützlich machen wollen, suchen Sie nach einem handlichen spitzen Stein, nach einer Eisenstange, nach irgendwas Schlagkräftigem, denn das können wir wohl in jedem Fall gebrauchen, ganz gleich, wie der Plan nun aussieht.

Sie murmeln etwas, das ich wahrscheinlich gar nicht verstehen soll, und suchen dann tatsächlich lustlos den kleinen Grünstreifen ab, während ich mit zusammengekniffenen Augen das Gefängnis betrachte, als würde sich dadurch irgendwo eine Lücke auftun, als könnte mein Blick durch Stacheldraht schneiden, durch Mauern brechen, Türschleusen umgehen, Wachmänner ausschalten. Ich weiß, dass er das nicht kann, Herr Willis, das müssen sie mir nicht erst erklären. Suchen Sie lieber in Ruhe weiter nach dem Stein, und wenn Sie einen gefunden haben, suchen Sie einfach noch einen.

Mein Blick hält sich nur noch mühsam auf den Mauern, immer wieder schweift er ab, in den Himmel, auf den Boden, zum toten Hund, auf meine Fingernägel. Die ganze Zuversicht der letzten Stunden ist versickert, und nichts ist ernüchternder als das. Nichts legt sich so klebrig auf Füße, auf Schultern, auf jeden müden Gedanken wie ein Ziel, das man schon sehen kann, von dem man aber ahnt, dass dort nichts zu Ende sein wird.

Und umso dringender will ich es jetzt erreichen. Ich weigere mich einfach, ernüchtert zu werden. Nichts darf hier ungefragt versickern. Und ich weiß, es sollte nicht überraschen, dass Gefängnisse gut verschlossen sind, aber dennoch bin ich empört darüber, wie gewissenhaft hier Wert darauf gelegt wurde. Ich bin empört über den fehlenden Sportsgeist. Ich bin empört darüber, dass einem nicht einmal der Hauch einer Chance gelassen wird. »Es hilft alles nichts«, rufe ich Ihnen zu. »Wir brauchen einen Hubschrauber.« Sie prüfen gerade einen Stein in Ihrer Hand und werfen ihn wieder weg. »Wozu?«, fragen Sie und haben natürlich recht, ein Hubschrauber allein bringt wenig. Man muss ihn auch steuern können, man braucht Flugstunden oder einen skrupellosen Piloten. Man braucht ein langes Seil, man braucht erprobte Aufhängevorrichtungen und klare Absprachen oder wahlweise eine Gruppe bis an die Zähne bewaffneter Männer, Rauchbomben, Gasmasken, man braucht Lagepläne. Man braucht Helfer draußen und Helfer drinnen, einen Plan B, einen Plan C, womöglich sogar D. Vor allem braucht man zunächst einmal einen Plan A, und ich bin es leid, keinen zu haben. Ich bin es leid, mir ständig ausweglose Situationen zu suchen. Ich bin es leid, mich als Einziger noch um das glückliche Ende zu bemühen, während alle anderen lustlos Steine suchen oder in Gefängniskrankenbetten liegen oder einfach nicht ans Telefon gehen, obwohl man doch nur in Ruhe mit ihnen alles besprechen möchte. Ich bin es leid, dass nirgendwo ein gottverdammter Hubschrauber ist, wenn man mal einen braucht, und ich bin es leid, dass selbst ein Hubschrauber nie genügt.

Ich hocke mich auf den Boden, rupfe die spärlichen Grashalme aus, grabe meine Finger in die nasse Erde. Was das denn werde, wenn es fertig sei, fragen Sie, mehr spöttisch als interessiert, das höre ich genau, aber ich antworte trotzdem. »Ein Tunnel«, sage ich. »Ich grabe einen Tunnel.« Ich will es ganz nüchtern sagen, aber das misslingt gehörig, meine Stimme überschlägt sich. Ich sage es immer wieder, »Ich grabe einen Tunnel. Ich grabe einen Tunnel«, bis es einmal richtig klingt, ich werfe mit Erde um mich, irgendetwas läuft mir aus der Nase, und irgendetwas verschwimmt vor meinen Augen, und irgendjemand sitzt auf einmal neben mir und legt seinen Arm um mich und sagt: »Ganz ruhig«, und das sind wahrscheinlich Sie, Herr Willis. Wer denn auch sonst?

Ihr

Tilman Rammstedt

Warum alles eigentlich immer so kompliziert sei, fragte mein ehemaliger Bankberater, als wir an einer Fußgängerampel warteten, und zeigte dabei wahllos auf Autos, seine Manschettenknöpfe, den Himmel und ein Wohnungsgesuch, das an der Ampel klebte. »Vielleicht, weil einfache Dinge nie funktionieren«, antwortete er sich selbst, da ich es nicht tat. »Das wird es sein«, sagte er. Die Ampel wurde grün, wir gingen über die Straße. Wir setzten einen Fuß vor den anderen. Wir stolperten nicht.

Sehr geehrter Herr Clooney, sehr geehrter Herr Stallone, sehr geehrte Frau Thurman, sehr geehrter Herr van Damme, sehr geehrter Herr Craig, sehr geehrter Herr Smith,

zunächst einmal: Verzeihen Sie bitte diese Sammelmail.

Wie geht es Ihnen?

Hätten Sie vielleicht Interesse, in einer kurzen Szene meines neuen Buches mitzuspielen? Über eine rasche Antwort würde ich mich sehr freuen,

Ihr

Tilman Rammstedt

Sehr geehrter Herr Polizeipräsident,

wie geht es Ihnen?

Gäbe es vielleicht die Möglichkeit, für ein Buchprojekt eine halbe Stunde Ihre Justizvollzugsanstalt zu besichtigen? Wenn möglich ohne Wachmänner. Und könnten Sie die Türen offen lassen? Wir finden dann selbst hinaus. Das wäre ganz fantastisch.

Ihr
Tilman Rammstedt

PS: Ich bin ein seriöser Schriftsteller.

Sehr geehrter Herr Dr. Hering,

wie geht es Ihnen?

Ich würde Ihnen gern meine Knirscherschiene zurückschicken. Ich bin zu dem Schluss gekommen, dass ich das Konzept »Knirscherschiene« ablehne. Ich knirsche nun einmal. Und ich habe allen Grund zu knirschen. Das lasse ich mir von Ihnen und Ihrer Schiene nicht abgewöhnen. Dennoch vielen Dank für alles.

Ihr
Tilman Rammstedt

PS: Und falls Sie zufällig die Adresse Ihres Kollegen Dr. Lachmann haben, dann richten Sie ihm doch bitte aus, dass ich auch sehr gerne kurzsichtig bin. Mit schönen Grüßen.

Sehr geehrter Herr Dr. Langard,

wie geht es Ihnen?

In unseren Sitzungen haben Sie immer so wissend genickt und mich dann wieder nur gefragt, warum ich meiner Meinung nach so handele, wie ich eben handele. Warum ich zum Beispiel glaube, mich ständig in ausweglosen Situationen zu befinden. Wenn Sie die Antworten immer wussten und nur warten wollten, bis ich selbst drauf komme, dann würde ich Sie jetzt bitten, sie mir einfach zu verraten. Ich habe gerade keine Zeit für solche Spielchen. Ich will bitte sofort das glückliche Ende. Der Weg dahin ist mir egal. Vielen Dank,

Ihr
Tilman Rammstedt

Liebe Susanne,

wie geht es dir?

Nur damit du dir keine Sorgen machst: Ich werde dich nachts nicht mehr anrufen. Auch tagsüber nicht mehr. Ich werde stattdessen etwas anderes tun. Ein Glas Wasser trinken oder Liegestütze machen oder Kreuzworträtsel. Und es wird alles gut werden. Ich weiß noch nicht genau wie, aber das wird es. Ich sage dir dann rechtzeitig Bescheid.

Dein Tilman

Sehr geehrter Herr Lendle,

wie geht es Ihnen?

Bei unserem letzten Telefonat sagten Sie, dass ich mich noch einmal melden könne, wenn mein Manuskript »Die Abenteuer meines Bankberaters« abgeschlossen sei. Dann würden wir in Ruhe über alles reden.

Nun muss ich Ihnen leider mitteilen, dass ich den Roman nicht fertigschreiben werde. Zurzeit bin ich leider vollkommen mit einer größeren Sache beschäftigt, ans Schreiben ist da nicht zu denken. Und selbst wenn sich das in näherer Zukunft ändern sollte, habe ich das Gefühl, dass es für alle Beteiligten besser wäre, den Roman zu verwerfen.

Es tut mir sehr leid, vor allem auch um den schönen Umschlag. Vielleicht finden Sie in Ihren Stapeln ja noch ein anderes Manuskript, in dem eine Katze vorkommt.

Ich melde mich gern wieder, wenn ich mit dem Gedichtband, von dem ich Ihnen mal erzählt habe, weitergekommen bin.

Ihr
Tilman Rammstedt

PS: Gibt es in Ihrem Verlagsprogramm zufällig irgendein Buch, in dem beschrieben wird, wie man in ein Gefängnis einbricht und wenn möglich auch wieder daraus ausbricht? Könnten Sie es mir zukommen lassen? Innerhalb der nächsten siebzehn Stunden?

Zu einem unserer Termine im März erschien mein ehemaliger Bankberater in Strümpfen. Er habe heute leider seine Schuhe vergessen, erklärte er mir. Wie man denn seine Schuhe vergessen könne, fragte ich. Mein Bankberater seufzte. »Mit Schuhen geht das leicht«, sagte er. »Immerhin mit Schuhen geht das leicht.«

Sehr geehrter Herr Willis,

ich bin doch ruhig. Ich bin die Ruhe selbst, sehen Sie. In aller Ruhe grabe ich jetzt diesen Tunnel. Selbst wenn das länger dauern sollte als die sechzehneinhalb Stunden, selbst wenn das Jahre dauert. Ich habe schließlich Zeit. Ich habe alle Zeit der Welt. Ich muss gerade nirgendwo sein.

Sie brauchen mir auch nicht zu helfen, wenn Sie nicht wollen. Gehen Sie ruhig nach Hause, Herr Willis. Ich erlasse Ihnen die verbleibenden Stunden. Los, gehen Sie schon. Und hören Sie auf, mich so besorgt anzuschauen. Ich weiß, dass es keine sehr gute Idee ist, einen Tunnel zu graben, ich weiß: Grundwasser, ich weiß: Statik, ich weiß: unzureichende Ausrüstung, aber ich habe nun einmal nur diese eine Idee. Und ich will bitte keine Einwände mehr hören, die kenne ich alle selbst. Gehen Sie, Herr Willis, ich kann mich leider nicht länger mit Ihnen beschäftigen, ich kann Ihnen leider nicht mehr schreiben.

Ich bin beschäftigt, ich habe alle Hände voll zu tun. Das sehen Sie doch.

Ihr

Tilman Rammstedt

Ob sein Bruder ein, zwei Nächte bei mir übernachten könne, fragte mein ehemaliger Bankberater. Bei ihm selbst sei es nämlich gerade etwas schwierig. Der Bruder sei auch sehr still, versicherte er mir, der falle kaum auf. Am Abend stand dann mein ehemaliger Bankberater vor der Tür, eine blaue Sporttasche in der rechten Hand, in der linken ein kleiner Strauß Tulpen in Cellophanpapier. »Mein Bruder lässt sich entschuldigen«, sagte er leise. Dann kam er herein.

Sehr geehrter Herr Willis,

Sie stehen unschlüssig neben mir und schauen mir zu, wie ich mit den Händen erbärmlich kleine Brocken Erde aus dem Boden schaufele. Sie sehen, wie ich schwitze, Sie sehen, wie konzentriert ich Sie nicht anschaue, Sie hören meinen schnaufenden Atem. Dass Sie jetzt wirklich gehen würden, nehmen Sie sich schon zum fünften oder sechsten Mal vor, das wissen Sie nicht mehr ganz genau, und noch weniger genau wissen Sie, warum Sie nicht gehen, warum Sie immer wieder zögern, immer wieder nach einer Ausrede suchen, um noch einen Moment länger bleiben zu können. Es ist kein Mitleid mit mir, da sind Sie sich sicher. Ich bin Ihnen nach wie vor ziemlich gleichgültig, nicht einmal richtig wütend können Sie auf mich sein, so sehr Sie sich das gerade wünschen.

Und es ist auch kein übertriebenes Pflichtgefühl, kein schlechtes Gewissen, das glückliche Ende für mich und meinen Bankberater nun endgültig zu verhindern. Sie haben ohnehin nicht viel verstanden von dem, was ich Ihnen die ganze Zeit erzählt habe, zum einen, weil mein Englisch nicht besonders gut ist, und zum anderen, weil es Sie einfach nicht sehr interessiert hat. Ihnen schwirrten genug andere Sachen durch den Kopf (Liebe, Tetanus, Beruf), und das letzte, was sie gebrauchen konnten, waren da irgendwelche neuen Probleme, mit denen Sie sich herumschlagen sollten.

Und nein, ganz sicher suchen Sie keine Herausforderung, schon gar keine, die mit irgendwelchen Befreiungsaktionen verbunden ist, die mit dem Graben eines Tunnels verbunden ist, schon gar keine, bei der man sich immerzu beeilen soll. Sie haben sich genug beeilt. Mit dem Beeilen sind Sie ein für alle Mal durch. Sie wollen nach Hause. Sie wollen in Ihre Badewanne steigen, die Sie erst ein einziges Mal benutzt haben, vor über vier Jahren. Sie wollen sich einen großen Drink einschenken, das Glas betrachten und dann noch einmal einen ordentlichen Schluck nachgießen. Sie wollen morgen als Erstes zu Ihrem Arzt, damit er sich Ihre Schusswunde ansieht. »Das wird schon wieder«, wird er sagen und Ihnen auf die Schulter klopfen, und Sie werden wissen, dass er nur die Wunde meint, und trotzdem hoffen, dass es auf alles andere auch zutrifft. Sie wollen nach dem Arztbesuch mit Ihrem Agenten zu Mittag essen und ihm sachlich mitteilen, dass Sie ab jetzt nur noch vielschichtige Rollen annehmen, am liebsten nur noch Kurzfilme, am liebsten nur noch schwarzweiß. Am Nachmittag werden Sie Ihre Mails aus den letzten Tagen beantworten, die Nummern auf Ihrer Mailbox zurückrufen. Sie werden höflich und bestimmt sein, Sie werden viel »Nein« sagen und manchmal »Mal sehen«, Sie werden sagen »Ich muss jetzt Schluss machen« und sich danach irgendetwas Leichtes zum Abendessen bestellen, vielleicht kochen Sie auch. Vor ein paar Jahren haben Sie doch mal eine Zeit lang sehr gern gekocht, vietnamesisch, darauf kann man aufbauen. Sie werden noch einen kleinen Spaziergang machen, nur einmal die Straße runter und wieder zurück, und dann früh schlafen gehen. Sie werden ab jetzt immer früh schlafen gehen. Sie werden ab jetzt immer früh aufstehen, vor ein paar Jahren sind Sie doch schon einmal früh aufgestanden, das hat Ihnen damals sehr gefallen.

An all das denken Sie, während Sie mir beim Graben zusehen, während Sie sich ein siebtes und ein achtes Mal vornehmen, jetzt aber wirklich zu gehen. Mit jeder weiteren Minute, die Sie hier verbringen, fängt Ihr neues Leben später an, das wissen Sie. Und vielleicht ist es schon die Gelassenheit dieses neuen Lebens, die Sie jetzt denken lässt, dass es auf die paar Minuten wohl auch nicht mehr ankommt. Sie nehmen es sich noch ein neuntes Mal vor und dann noch ein zehntes Mal, weil das schließlich die rundere Zahl ist, und plötzlich fällt Ihnen auf, warum Sie nicht gehen können. Ihnen fällt auf, während Sie mich verbissen einen Tunnel graben sehen, in den bislang noch nicht einmal meine ganze Hand passt, dass Sie neidisch auf mich sind. Sie wollen das erst selbst nicht glauben. Sie schütteln den Kopf, schieben es auf die Müdigkeit. Das sei doch vollkommen lächerlich, denken Sie und nehmen sich ein elftes Mal vor, jetzt endlich, endlich zu gehen. Aber das glauben Sie sich schon nicht mehr.

Ihr
Tilman Rammstedt

Mein ehemaliger Bankberater hatte einen unruhigen Schlaf. Noch Stunden nachdem er seine Taschenlampe ausgeknipst hatte, hörte ich das synthetische Rascheln seines Schlafsacks. Ich hörte, wie er aufstand, um ein Glas Wasser zu trinken, ich hörte, wie er im Flur seine Rückenübungen machte, ich hörte Buchseiten und gesummte Schlaflieder. Ich hörte, wie er noch einmal aufstand, um sich seine heiße Milch zu kochen. Ich hörte Geschirr klappern, ich hörte unterdrückte Flüche. Ich hörte, wie er sich noch einmal die Zähne putzte. Ich hörte, wie er auf dem Rückweg ins Schlafzimmer gegen immer denselben Stuhl stieß. Ich hörte, wie er noch so oft leise »Gute Nacht« sagte, bis ich ihm das auch wünschte.

Sehr geehrter Herr Willis,

natürlich ist es lächerlich. Warum sollten Sie auch neidisch auf mich sein? Auf was denn, bitteschön? Darauf, dass ich eine Aufgabe gefunden habe? Darauf, dass diese Aufgabe so vollkommen aussichtslos ist? Auf die unfähige Hingabe, mit der ich dieser vollkommen aussichtslosen Aufgabe nachgehe? Das kann doch um Himmels willen nicht Ihr Ernst sein.

Sie betrachten meinen hochroten Kopf, Sie betrachten meine dreckigen Hände, Sie betrachten meinen Gesichtsausdruck, der wahrscheinlich würdevoll oder entschlossen oder zumindest selbstvergessen wirken soll, aber doch nur beleidigt ist. Sie betrachten das alles mit einer Mischung aus Fremdscham und leichtem Ekel. Ich bin Ihnen noch unangenehmer als in all den Tagen zuvor. Was zum Teufel Sie hier noch verloren haben, denken Sie. Warum Sie bei alldem überhaupt so lange mitgemacht haben, denken Sie. Was sich dieser Timlin Rumshead überhaupt einbildet, denken Sie.

Sie denken an die Bank, an den Hund, an das Boot. Sie denken an den Bus, an die Tankstelle, den Škoda. An die Müdigkeit denken Sie, den Durst, den Schmerz, an unsere ganze gemeinsame Zeit und daran, wie Sie jede Minute davon gehasst haben, und Sie schubsen mich zur Seite, Sie sagen: »So wird das ja nie was«, und Sie fangen an zu graben.

Ihr
Tilman Rammstedt

Wie lange er eigentlich bleiben wolle, fragte ich meinen ehemaligen Bankberater, nachdem ich gesehen hatte, dass er seinen Namen aufs Klingelschild geschrieben hatte. Er machte gerade den Abwasch. »Bis es wieder geht«, sagte er. Ich nickte und nahm mir ein Geschirrhandtuch. Er reichte mir eine Tasse. Ich trocknete sie ab.

Sehr geehrter Herr Willis,

mit der Hand Ihres gesunden Arms wühlen Sie so entschlossen in der Erde, als hätten Sie mit ihr noch eine Rechnung offen. Da ist ein Kitzeln ganz hinten an Ihrem Gaumen. Schon immer hat es da gekitzelt, wenn Sie irgendetwas Kaltes und Feuchtes berührt haben, schon immer haben Sie die gesamte Natur schmutzig gefunden, Sand, Rinde, Fell, Nebel, alles schmutzig, alles aufdringlich, auch wenn Sie das nie zugeben wollten. Die Erde unter Ihrer Hand entzieht sich, presst sich zusammen, und umso entschlossener wühlen Sie die Finger hinein, ergreifen Krumen, Brocken, alles, was sich löst, und schaufeln es an die Oberfläche. Es macht Ihnen keinen Spaß, ganz und gar nicht, und dennoch graben Sie weiter, immer weiter, weil das einfacher ist, als damit aufzuhören.

Sie fluchen halblaut vor sich hin. Sie verfluchen mich, Sie verfluchen sich selbst, Sie verfluchen meinen Bankberater. Sie verfluchen Ihren schmerzenden Oberschenkel, Sie verfluchen die »verdammte Dreckserde«, Sie verfluchen Regenwürmer und Kieselsteine und Fingernägel und dass einem alles, alles, alles, alles immer so beschissen bekannt vorkomme, Sie verfluchen das »verkackte

Älterwerden«, die »verfickte Sehnsucht«, die »schwanzlutschende Melancholie«. Sie graben und fluchen und achten auf nichts anderes. Sie sehen nicht, wie ich Sie erst ungläubig und dann stolz anschaue, Sie sehen nicht, wie ich mir lächelnd den Schweiß von der Stirn wische. Sie hören nicht, wie ich »Danke, Bruce« sage, ich sage es sehr leise, aber vielleicht hören Sie es doch und denken, dass Sie es sind, der das sagt, dass Sie sich bei sich selbst bedanken. Sie hätten wirklich allen Grund dazu. »Bitte, Bruce«, flüstern Sie, oder zumindest einer von uns beiden.

Ihr
Tilman Rammstedt

Abends sahen mein ehemaliger Bankberater und ich meistens noch ein wenig fern. Ich saß dabei auf dem Sofa, mein ehemaliger Bankberater blieb die ganze Zeit im Türrahmen stehen, als sei er eigentlich gerade auf dem Weg irgendwohin, was er aber niemals war.

Am liebsten mochte er Krimiserien, bei denen er mich allerdings zehn Minuten vor dem Ende zum Umschalten drängte. Er wolle nicht wissen, wer der Täter sei, sagte er. Das gehe ihn schließlich nichts an.

Danach suchten wir meist lange nach einem Dokumentarfilm über einen blinden Uhrmacher, den er angeblich vor Jahren einmal gesehen hatte und der sehr gut gewesen sei, und nachdem wir ihn nicht fanden, schalteten wir den Fernseher aus. »Vielleicht morgen«, sagte ich dann, und mein ehemaliger Bankberater sagte: »Ja, vielleicht.«

Sehr geehrter Herr Willis,

darf ich Ihnen etwas erzählen, während Sie graben? Ich habe Ihnen vorhin an der Bushaltestelle nicht die ganze Wahrheit gesagt. Bevor ich das Telefon in den Gully warf, habe ich nämlich doch kurz gezögert. Ich habe mich zu Ihnen umgedreht, Sie lehnten erschöpft am Haltestellenschild und schauten in die andere Richtung. Und dann habe ich noch einmal die Wahlwiederholung gedrückt, es noch einmal fünf Mal klingeln lassen, noch einmal Ihre verzerrte Stimme und den Piepton gehört. Und diesmal habe ich eine Nachricht für Sie hinterlassen. Ich habe »Danke, Bruce« gesagt, in genau dem gleichen Ton wie eben. Ich habe gesagt, wie froh ich sei, das alles mit Ihnen zu erleben. Ich habe gesagt, dass ich schon gar nicht mehr genau wisse, was ich mir von dem glücklichen Ende versprechen würde. Ich habe gefragt, wie ein Ende überhaupt glücklich sein könne, wenn wir uns, sobald es erreicht sei, verabschieden müssten. »Ich weiß, das ist albern«, habe ich gesagt, und ich wisse auch, dass Sie nach Hause gehörten. Und dennoch kämen mir die verbleibenden Stunden viel zu kurz vor, die paar Seiten bis zum Ende des Romans. Von mir aus könnten es ruhig tausend Stunden sein, sagte ich, von mir aus könnte der Roman ruhig tausend Seiten haben. Und dann habe ich noch gesagt, dass ich hoffe, Sie würden das hier niemals abhören. Ich habe gesagt, dass ich gern den Code für Ihre Fernabfrage hätte, um die Nachricht zu löschen. Ich habe »Verzeihen Sie«

gesagt, sooft es noch ging. Dann habe ich aufgelegt, das Telefon in den Gully geworfen und mich wieder zu Ihnen umgedreht. Sie standen unverändert da. So war das, Herr Willis. Und ich erzähle es Ihnen nur, weil ich ab jetzt keine Geheimnisse mehr vor Ihnen haben will.

Ihr
Tilman (Rammstedt)

Er habe vor Kurzem angefangen, Sport zu treiben, sagte mein ehemaliger Bankberater. Und dann habe er wieder damit aufgehört. »Ich bringe Dinge eben gern zu Ende«, sagte er.

Sehr geehrter Herr Willis,

es geht nicht weiter, das wissen wir beide. Die Erde unter Ihren Fingern ist mittlerweile so hart, dass sie beim besten Willen nichts mehr von sich hergibt. Mit den Nägeln kratzen Sie noch eine Zeit lang hinein, dann richten Sie sich auf, strecken den verspannten Rücken und pressen ein paarmal die Augen zusammen. Kurz müssen Sie sich an mir festhalten. »Okay«, sagen Sie.

Schweigend schauen wir in den angefangenen Tunnel, auch wenn es dort nicht besonders viel zu sehen gibt. Der Schacht ist nicht länger als mein Unterarm und kaum breiter als Ihrer. Schon jetzt beginnt die Erde an den Rändern herunterzubröckeln. Wir halten sie nicht davon ab.

»Das wird wahrscheinlich nicht reichen«, sage ich.

Sie wischen sich mit der Hand über die Stirn. »Wahrscheinlich nicht.«

»Man könnte es noch einmal weiter drüben versuchen.«

»Das könnte man«, sagen Sie.

»Aber groß anders wird es da nicht sein.«

»Nicht groß«, sagen Sie.

»Mit Schaufeln wäre es einfacher«, sage ich.

»Schaufeln«, sagen Sie.

Wir sehen uns halbherzig um. Als ob hier irgendwo Schaufeln herumliegen würden, als ob es jetzt wirklich um Schaufeln ginge.

»Hunde können gut graben«, sage ich.

»Und Dachse«, sagen Sie.

»Wir haben aber nur einen Hund«, sage ich. »Und der ist tot.«

Sie schauen prüfend auf das verdrehte, staubige Tier. »Sieht so aus«, sagen Sie.

Dämmerlicht würde uns jetzt gut stehen, aber dafür ist es noch zu früh. Mit dem Fuß fege ich ein paar Krümel Erde in das Loch. »Das reicht noch nicht mal als Grab für den Hund«, sage ich.

Sie überlegen kurz. »Nicht für den ganzen«, sagen Sie.

Ein Auto fährt vorbei, das Radio laut aufgedreht. Wir hören Bässe und wie sie wieder verklingen. Es sind noch mehr als fünfzehn Stunden übrig. Das ist reichlich Zeit, aber ich habe keine Ahnung, wofür.

Ob Sie noch irgendeine Idee hätten, frage ich. Sie schütteln den Kopf. »Ich auch nicht«, sage ich, und es klingt fast erleichtert. Ich will gar keine Idee mehr haben. Ich will nichts mehr versuchen. Ich will die verbleibende Zeit einfach mit Ihnen hier stehen bleiben und darauf warten, dass nichts geschieht.

Sie denken sehr leise, Herr Willis. Ich kann es kaum hören, Sie können es selbst kaum hören, weil sich alles davonmacht, der lächerliche Neid und die versickerte Zuversicht, der Trotz macht sich davon und das Aufbäumen. Der Schmerz macht sich davon, im Bein, im Arm und überall, Ihre Wut macht sich davon, die Wut auf mich, die Wut auf sich, auf die Umstände, die ganze Umständlichkeit. Ihre Müdigkeit macht sich davon. Vorsätze, Verpflichtungen und alles Sehnsüchtige machen sich davon, der Missmut, die penetrante Traurigkeit, der Stolz, die Entschiedenheit. Und eigentlich sollte doch jetzt genug Platz sein für alles andere, aber da ist kein Platz, alles wird nur kleiner, bis es wieder passt, und nichts ist still und nichts ist leer und nichts dringend, außer nun zu gehen, sofort zu gehen, weil die Beine das so wollen und weil Sie nicht wissen, auf wen sie sonst hören sollten.

»Scheiß aufs glückliche Ende«, sage ich, als Sie schon fast außer Sichtweite sind.

Ihr
Tilman Rammstedt

Ob er nicht mal rausgehen wolle, fragte ich meinen ehemaligen Bankberater, als er am Abend immer noch genauso in Pyjama und Krawatte am Frühstückstisch saß, wie ich ihn am Morgen zurückgelassen hatte. »Wohin denn?«, fragte er, und ich zuckte mit den

Schultern. »Einfach nur raus«, sagte ich. »In die Welt.« Er nahm seine Kaffeetasse in die Hand und stellte sie zurück auf den Tisch. Das habe er versucht, sagte er, aber er wisse nie genau, wo die Welt anfange. »Das ist das Problem«, sagte er, als wäre es das tatsächlich.

Sehr geehrter Herr Willis,

Sie wissen selbst, wie alles nicht gewesen ist. Sie wissen, dass Sie nicht nach ein paar Metern stehen geblieben sind. Sie wissen, dass Sie sich nicht noch einmal umgedreht haben, langsam und schwerfällig, als sei die Luft sehr zäh. Sie haben mich nicht angeblickt, nicht müde, nicht lustlos, nicht ganz und gar widerwillig. Das wissen Sie genau.

Sie haben nichts gemurmelt und dabei nicht den Kopf geschüttelt, mehr über sich selbst als über mich. Sie sind dann nicht zurückgekommen, das wissen Sie, Sie haben sich nicht auf den Boden gekniet, Sie haben nicht geseufzt, Sie haben sich nicht schweigend wieder an die Arbeit gemacht, und ich habe nicht versucht, möglichst heimlich zu lächeln.

Wir haben nicht abwechselnd bis zum Abend weitergegraben, wortlos und konzentriert. Wir standen keineswegs schon bis über die Hüften in der Grube. Die Dämmerung hat sich nicht um uns gelegt. Wir haben nicht »Okay, zehn Minuten noch« gesagt, und nach zehn Minuten haben wir es nicht noch einmal gesagt und dann nicht noch einmal und nicht noch einmal.

Es stimmt nicht, dass wir noch nie so wach waren, und

ganz sicher haben wir nicht alles um uns herum vergessen, wir haben nicht einfach weitergegraben, Stück für Stück, Zentimeter für Zentimeter. Wir haben nicht irgendwann Eimer gebraucht, keine Seile, wir haben das alles tatsächlich nicht auf irgendeiner Baustelle gefunden, da war doch nirgendwo eine, und wir fanden dort auch keine Latten, mit denen wir die Schachtwände sichern konnten, das wissen Sie alles selbst, Herr Willis, das muss ich Ihnen nicht erzählen. Wir sind nicht allmählich in der Grube verschwunden, es wurde nicht dunkel um uns, wir schwitzten nicht, nichts tat uns weh. Wir waren nicht glücklich.

Und es fühlte sich nicht geborgen an, so ganz von Erde umgeben. Wir fürchteten uns nicht vor dem Moment, an dem wir wieder ans Tageslicht kommen würden. Wir wünschten uns nicht, einfach weiterzugraben, immer weiter, immer weiter, bis zum Meer, bis nach Kalifornien und wieder zurück hierher, das würde vielleicht reichen, und wenn nicht, gäbe es noch genügend andere Richtungen. Nichts davon war so, das wissen Sie.

Sie wissen, dass wir diese Gedanken nicht verscheuchten, dass wir uns nicht auf unsere Aufgabe konzentrierten, auf das, wofür wir schließlich hier waren. Wir wühlten uns nicht durch die Erde, und irgendwann nickten wir uns nicht gleichzeitig zu, schweigend und ernst, nach wer weiß wie vielen Stunden, die zu zählen wir längst aufgegeben hatten. Sie wissen selbst, dass wir nicht anfingen, aufwärts zu graben, stetig aufwärts, bis wir schon ganz nah sein mussten, die Erde nicht schon weich, nicht fast warm. Und dann war da plötzlich nichts Hartes, das wissen Sie, kein Widerstand, kein Beton. Wir versuchten es nicht etwas weiter links, nicht etwas weiter rechts, aber nirgendwo war uns der Weg eindeutig versperrt.

Wir schauten uns nicht entsetzt an, das wissen Sie, das hätte man in der Dunkelheit doch auch gar nicht sehen können. Wir fluchten nicht erst leise und dann nicht laut, nicht heillos. Wir schlugen nicht wütend gegen den Beton. Unsere Hände rissen nicht auf, bluteten nicht, und trotzdem schlugen wir nicht weiter, bis der Schmerz endlich kam, der Überdruss, die Verzweiflung darüber, wie verdammt solide alles immer war.

Natürlich brach der Beton von unseren Schlägen nicht auf, das wäre ja noch schöner gewesen. Und selbst wenn, hätten wir uns doch nicht durch die Bruchstellen hindurchzwängen können, hätten wir nicht plötzlich blinzelnd und atemlos im Gefängnishof gestanden, direkt neben der einsamen Tischtennisplatte. So war es nicht, das wissen Sie, Herr Willis. Der ganze Hof war nicht hell beleuchtet, und wir sind, den Hund am Schwanz hinter uns herschleifend, nicht schnell unter die Tischtennisplatte gekrochen, das einzige Versteck weit und breit. Wir haben dort nicht beraten, wie wir weiter vorgehen würden, weil es ja ohnehin aussichtslos war, das wissen Sie, das wussten wir, alles voller Stahltüren, Gitter, Alarmanlagen, überall Scheinwerfer, überall Wachen. Wir hätten ja nicht einfach durchs Gebäude spazieren können, so mir nichts, dir nichts, wir konnten ja nicht unbehelligt Trakt für Trakt absuchen, keinen verschlafenen Insassen durch die Türluke nach dem Weg zur Krankenstation fragen. Das war leider ganz und gar unmöglich.

Den Wachmann vor der Krankenstation haben wir nicht überwältigt. Wie hätten wir das auch tun sollen?

Bestimmt nicht mit den Lakritzschnecken von der Tankstelle. Wir haben nicht mit einer Mischung aus Verzweiflung und Glück den Türcode geknackt, wir haben uns nicht an Wände gedrückt, es lief nicht alles nach Plan, wie sollte es auch, wir hatten ja keinen.

Und dann standen wir nicht auf einmal da, mitten in der Nacht, mitten im Ziel, mitten im Krankenzimmer meines Bankberaters. Kein weißes Licht presste sich durch die Jalousien. Man hörte nicht das Knacken von Fingerknöcheln, und Rico setzte sich nicht im Bett auf, sah uns weder entsetzt noch hoffnungsvoll an. Sie flüsterten ihm nichts ins Ohr, Herr Willis, Sie zeigten dabei nicht auf mich und den toten Hund in meinem Arm. Ricos Blick war nicht erst amüsiert und dann verängstigt, er schüttelte nicht beflissen den Kopf, um sich dann unter der Decke zu verkriechen. Sie sahen nicht sehr zufrieden mit sich aus.

Mein Bankberater schlief nicht. Sie standen nicht auf der rechten Seite des Bettes, ich nicht links. Wir standen dort nicht sehr aufrecht, nicht andächtig, schon gar nicht stolz. Ich hatte mir den Moment nicht größer vorgestellt, nicht feierlicher. Ich hatte nicht vergessen, dass für so etwas bei einer Rettung kein Platz ist. Ich hatte nicht vergessen, dass man manchmal ein Ziel erst schleunigst hinter sich lassen muss, um es zu erreichen.

Sie schauten mich nicht fragend an, ich nickte nicht, und Sie berührten nicht vorsichtig den Arm meines Bankberaters, als hätten Sie Angst, ins Leere zu greifen. Sie sagten nicht »Kommen Sie«, Sie sagten es nicht sehr sanft. Mein Bankberater schlug nicht mühsam die Augen auf, tat uns nicht als Traum ab. Wir mussten ihn nicht wach schütteln, ihn nicht aufsetzen. Er gähnte nicht. Er schaute sich nicht um. Er zeigte nicht auf den toten Hund. Er fragte nicht: »Was ist das?«, und ich sagte nicht: »Eine Katze«, und mein Bankberater sagte nicht: »Aha.«

Sie wissen, dass es nicht so gewesen ist, Herr Willis, sonst müsste ich Ihnen das nicht schreiben. Wir sind nicht zu dritt den Weg wieder zurück gegangen, Trakt für Trakt. Wir haben uns nicht extra noch beim hilfsbereiten Insassen bedankt, und er hat nicht gesagt, dafür sei er ja da. Wir sind nicht über den Hof geeilt, Sie auf meine linke Schulter gestützt, mein Bankberater auf die rechte, den Hund hatten wir nicht zwischen uns geklemmt. Es waren nicht nur noch ein paar Schritte, ein paar lächerliche Schritte. Und da hat nicht plötzlich dieser Wachmann an der Tischtennisplatte gestanden. Er hat nicht sein Funkgerät ans Ohr gepresst, er hat nicht aufgeregt gerufen: »Wir haben eine 21. Ich wiederhole, wir haben eine 21«, und er hat dabei keine Dienstwaffe auf uns gerichtet. So ist es nicht gewesen, genau so ist es nicht gewesen. Mein Bankberater hat sich nicht enger an mich geklammert, er hat nicht gesagt, dass er gerade keine Aufregung vertrage, und ich habe nicht auf den Wachmann eingeredet, ich habe nicht gesagt, dass er uns ruhig gehen lassen könne, weil das doch alles einfach nicht wahr sei.

Ich bin dabei nicht immer näher auf ihn zugekommen, und er hat nicht immer lauter gerufen, dass ich stehen bleiben solle. »Keinen Schritt weiter«, hat er nicht gerufen, und ich habe keinen Schritt weiter gemacht, und da war kein Knall, den ich erst hörte, als Sie schon längst nicht gesprungen waren, Herr Willis, als Sie schon längst nicht am Boden lagen, als da kein Loch in Ihrem Hemd war, kein kleiner roter Fleck mitten auf Ihrer Brust, der nicht wuchs, der nicht fast unscheinbar aussah, und genau das machte mir keine Angst. Und ich kniete nicht schon längst auf den Armen des Wachmanns, presste seine Hände nicht auf den Boden, das Funkgerät stellte nicht unentwegt Fragen, die alle unbeantwortet blieben. Sie schauten mich nicht ungläubig an, als ob hier ein Fehler vorliegen müsste, ein aberwitziges Missverständnis. Sie versuchten nichts zu sagen, aber was auch immer es nicht war, es wurde nicht weggespült von einem Schwall Blut, der sich aus Ihrem Mund ergoss. Mein Bankberater wiederholte nicht immerzu, dass er sich wirklich nicht aufregen dürfe, das habe der Arzt ausdrücklich angeordnet, und plötzlich wusste ich nicht, dass genau hier und jetzt die vierundzwanzig Stunden abgelaufen waren, dass wir genau ab hier und jetzt keine Abmachung mehr hatten, dass es außer Hier und außer Jetzt nicht mehr viel gab.

Ich versuchte nicht, Ihren schon abschweifenden Blick zu fassen. Ich fragte nicht, ob Sie jetzt doch die Rolle haben wollen, ob Sie jetzt endlich mein Bankberater sein möchten, und Sie blickten nicht auf das Loch in Ihrem Hemd, das Loch in Ihrer Brust, und ich fragte Sie nicht noch einmal, ich sagte nicht, dass Sie dann endlich nach Hause könnten. Sie zögerten nicht und dann lächelten Sie nicht und Sie schlossen nicht die Augen und Sie nickten nicht, nicht nur einmal, nicht nur kurz, und das war nicht deutlich genug.

Und dann kein Alarm. Dann war nicht plötzlich alles grell, plötzlich ohrenbetäubend. Kein Scheinwerfer war auf uns gerichtet, das war nicht unser großer Auftritt. Es ging nicht nur noch darum, irgendwie den Tunnel zu erreichen, darin zu verschwinden, und wir wühlten uns nicht eilig voran, schreiend, fluchend, wir rissen nicht die Latten von den Schachtwänden, nichts stürzte hinter uns zusammen.

Und schließlich keine Öffnung, kein Licht, keine Luft. Und wir lagen nicht nebeneinander auf dem kleinen Grünstreifen, wir beide, Sie als mein ehemaliger Bankberater und ich. Wir lachten nicht. Kein Morgen brach an, das wäre ja noch schöner gewesen. Wir hatten uns nicht gerettet. Es war nicht zu Ende, es war endlich nicht zu Ende, wie glücklich auch immer. Der Hund miaute nicht, das wäre ja noch schöner gewesen.

Ihr

Tilman Rammstedt

Es sei nun soweit, sagte mein ehemaliger Bankberater bei unserem vorerst letzten Termin. »In Ordnung«, sagte ich. Wir griffen in unsere Jackentaschen, alles war da. Wir nickten zweimal. Einer von uns räusperte sich und der andere auch. »Nach Ihnen«, sagte mein ehemaliger Bankberater, als er die Tür zum Schalterraum öffnete. »Nein, nach Ihnen«, sagte ich.

Sehr geehrter Herr Willis,

ich weiß nicht, wann und wo Sie diese Mail lesen werden. Ich hoffe, recht bald, und ich hoffe, an einem Ort, der Ihnen gefällt, an dem Sie vielleicht ein paar Tage bleiben wollen. Vor allem hoffe ich, dass es Ihnen gut geht.

Über zwei Wochen ist es jetzt schon her, dass Sie endlich nach Hause gekommen sind. Es war früher Morgen, als Sie in Ihre Straße einbogen, die Luft bereits herbstlich, müde schlichen Autos an Ihnen vorbei. Zwanzig Meter noch, die Ruhe kam Ihnen schon entgegen, noch zehn, noch drei, dann keiner mehr, Sie stiegen die Auffahrt hoch, da war der Limettenbaum, da war der alberne Springbrunnen, den Sie nie haben wollten, da war Ihr Haus, weiß und gradlinig wie immer, höchstens noch etwas weißer, noch etwas gradliniger. Sie suchten in Ihren Taschen nach dem Schlüssel, aber den mussten Sie irgendwo unterwegs verloren haben, das war kein Wunder. Sie gingen ums Haus herum, den versteckten Zweitschlüssel von der Terrasse holen, auf dem Kiesweg lag noch der Basketball, der hierher gerollt war, daran erinnern Sie sich, vor ein paar Tagen, vor tausend Jahren.

Vor der Terrassentür schraken Sie zusammen, pressten sich schnell an die Wand. Da war jemand im Haus. Da stand ein Mann in Ihrer Küche, nur ein paar Meter von Ihnen entfernt, zur Hälfte von der offenen Kühlschranktür verdeckt. Sie drehten vorsichtig den Kopf zur Seite und spähten durch die Glastür. Der Mann hatte den Kühlschrank wieder geschlossen, war jetzt vollständig zu sehen, und sofort wichen Sie zurück. Ihr Hals pochte, Ihre Knie zitterten. Dort drinnen, dort am Kühlschrank, standen Sie.

Sie legten sich flach auf den Boden, krochen langsam über die Terrasse, hinüber zum Fenster, durch das Sie einen halbwegs geschützten Blick in die Küche werfen konnten. Es gab keinen Zweifel, das waren Sie, den Sie da sahen. Sie sahen sich am Induktionsherd lehnen, in der rechten Hand die grüne Kaffeetasse, in der linken die Zeitung. Sie sahen sich gähnen, Sie sahen sich die Stirn runzeln, Sie sahen, wie Sie sich mit der Zunge etwas zwischen Ihren Zähnen entfernten. Sie trugen Ihren Bademantel, den alten, schon leicht vergilbten, und er passte Ihnen wie angegossen. Auch das Haus passte Ihnen wie angegossen, das sahen Sie, Ihr ganzes Leben passte wie angegossen, das sahen Sie genau. Nichts drückte, nichts saß locker, da blieb kein Platz für irgendetwas, schon gar nicht für Sie. Sie sahen sich die Kaffeetasse abstellen und im Bad verschwinden. Sie ließen Ihren Blick noch einmal durch die Küche schweifen, durch den Garten, den Himmel, und dann gingen Sie. Am Limettenbaum vorbei, die Einfahrt hinunter, die Straße hinunter, an der Kreuzung zögerten Sie kurz, schauten nach links, nach rechts und wieder nach links und entschieden sich schließlich für die Richtung, die Ihnen länger erschien.

Ein ganzes Stück sind Sie geradeaus gegangen und dann irgendwann wieder abgebogen, und ich habe Sie aus den Augen verloren.

Ich weiß also nicht, wo Sie sich jetzt befinden, Herr Willis, aber wenn ich irgendetwas für Sie tun kann, sagen Sie bitte Bescheid. Ein wenig ist von den sechstausendeinhundert Euro noch übrig, das schicke ich Ihnen gern. Wahrscheinlich werde ich in nächster Zeit jedoch nicht viel zum Schreiben kommen. Ich weiß nämlich auch nicht genau, wo ich mich befinde (neue Stadt, neue Pläne, der Gedichtband), ich muss erst einmal den Anfang von allem finden.

Ich wünsche Ihnen viel Glück, Herr Willis. Wünschen Sie es mir bitte auch.

Ihr

Tilman Rammstedt

Mit sehr großem Dank an
Mariana Leky, Saša Stanišić und Thomas Pletzinger

Sehr geehrter Herr Rammstedt,

vielen Dank für Ihre Mail, und verzeihen Sie meine verspätete Antwort. Ich musste selbst erst auf einige Rückrufe warten, aber nun habe ich endlich alle Zusagen beisammen. Bis auf Herrn Craig, der leider erkältet ist, würden wir alle gern in Ihrem Buch mitspielen. Wir freuen uns schon sehr.

Schreiben Sie uns doch rasch, was zu tun ist und ob wir irgendwas mitbringen sollen.

Auf gute Zusammenarbeit!

Ihre

Uma Thurman

FSC
www.fsc.org
MIX
Papier aus verantwortungsvollen Quellen
FSC® C083411

Erste Auflage 2012

Satz: Fagott, Ffm
Gesetzt aus der Dante
Gedruckt auf säurefreiem und chlorfrei gebleichtem Papier
Druck und Verarbeitung: CPI – Clausen & Bosse, Leck
Printed in Germany
ISBN 978-3-8321-9686-8

www.dumont-buchverlag.de